OLIVIER THIÉBAUT

L'enfant de cœur

nrf

GALLIMARD

À Béné, été, étai, de tous mes instants.

Les enfants commencent par aimer leurs parents;
quand ils sont grands, ils les jugent;
parfois, ils leur pardonnent.

O. WILDEE.

I
LE FRUIT PASSIONNÉ DES ENTRAILLES

Peu après, j'ai pleuré. À chaudes larmes. À vrais sanglots qui se fondaient dans l'air sec et pinçant d'un hiver s'annonçant glacial. Puis j'ai crié. Une plainte unique. D'une voix rauque de douleur. Comme si déjà je regrettais mon geste. Le couteau, sur lequel s'étaient crispées pendant un long moment mes phalanges, est tombé sur le parquet impeccablement ciré. En rebondissant, la lame a émis un bruit de cymbale. Décidément, l'hiver arrivait plus tôt que prévu. Peut-être à cause du couteau. Un couteau banal. Avec une lame bien tranchante. Un couteau de cuisine somme toute bien ordinaire. Celui dont je me servais habituellement pour couper les rôtis. Quelques gouttes de sang ont tacheté le bois lisse. Elles se sont fondues à lui en coagulant.

Le couteau. Je n'ai pas pu en détacher mon regard embué. Et je me suis revu, debout, devant le tiroir du buffet, hésitant bêtement quelques minutes auparavant entre lui, le couteau, et une vulgaire fourchette à fondue. Mentalement, j'ai mesuré la différence.

— Pas énorme, j'ai murmuré en repensant à la peau

tendre, un peu flasque, légèrement distendue par un enfantement douloureux. Pas énorme et pas forcément plus propre. Mais la mort est-elle propre ? Là, j'ai eu une succession de flashes... Toutes les morts que j'avais déjà vues... Celles de la télé, aux informations, dans les films... Et puis la mort, la vraie. La seule que j'avais approchée d'un peu près. Grand-père, allongé sur son lit, les yeux fermés, les mains bien jointes sur la poitrine, l'air serein, apaisé, comme délivré. Finalement, c'est la vie qui est dégueulasse. La vie, c'est la lie de la mort.

Penser ça m'a un peu rassuré et j'ai enfin réussi à lever les yeux sur le lit. Le lit de la morte.

Elle était là, allongée sur le drap. Un dernier rayon de nuage éclairait faiblement ses yeux révulsés par la douleur et l'étonnement. Elle était à moitié nue, le corps à peine enveloppé d'un peignoir de soie écrue laissant entrevoir l'essentiel de sa féminité : deux seins encore fermes et un sexe aux poils noirs comme un triangle isocèle.

Et, entre les deux, les seins et le sexe, un rond écarlate, imparfait. Un rond comme on en trace quand on n'a pas de compas, débordant comme un rouge à lèvres sur une bouche maquillée à la va-vite. Un rond ovale à force de s'étaler et de s'étendre le long des hanches. Un rond parti d'une pointe ; celle de mon couteau, érectile et terriblement efficace.

Alors j'ai eu une obsession, rendre ce rond parfait.

Parfait comme le ventre d'une femme enceinte. Rendre ce rond définitivement rond. Involontairement, la lame avait fait une partie du travail, tranchant net, épousant admirablement la cicatrice de la césarienne que la morte avait dû subir quelques années auparavant.

Aussi, je me suis agenouillé près d'elle ; côté cœur. Et, par petits lapements, à l'aide d'infimes coups de langue, j'ai entrepris de rendre plus ronde la tache de sang qui devait définitivement cerner les contours de ce ventre... Ce ventre qui m'avait donné le jour dix-sept ans auparavant. Un jour de fin d'automne où une seule chose comptait pour ma mère... Expulser le plus vite possible ce rejeton qu'elle ne désirait pas et qui, un jour ou l'autre, finirait bien par causer sa perte.

Je me suis relevé et, un peu ivre, j'ai contemplé mon œuvre. Inachevée. Le rond ne l'était pas tout à fait et le rouge commençait à noircir. Mais ce n'était pas grand-chose par rapport au détail qui m'a soudain attiré, un détail d'importance formant une tache blanchâtre : entre les cuisses de ma mère un mince filet de sperme commençait à sécher...

Ce n'était pas le mien.

*

II
LE GOÛT DE L'AMER

Ils m'ont trouvé dans le jardin. Vingt minutes à peine après mon appel. À moins qu'il ne se soit passé l'Éternité. Je déambulais hagard, tournant sans relâche autour de l'unique arbre du jardin ; à contempler ses racines s'enfoncer profondément dans le sol, à prendre ombrage de ses ramages effeuillés, à me heurter à la rudesse de son écorce.

Ils sont descendus de voiture et sont venus vers moi, me débitant un flot incessant de questions que j'entendais à peine : « C'est vous qui nous avez appelés ?... Où est-elle ?... Vous pouvez nous conduire ?... »

Je ne sais plus combien de fois j'ai encore fait le tour de mon arbre avant de les mener dans la chambre où ma mère achevait sa première heure de morte.

Qu'avais-je fait après ?... Je ne m'en souvenais plus très bien. Le lourd tribut du doute. Effacer les empreintes du couteau. Laver mes mains coupables. Essuyer un trop-plein de sueur perlant sur mon front. Composer le dix-sept, où, me semblait-il, on m'avait renvoyé à un autre numéro. Et enfin l'arbre. Qui devait s'étonner qu'on puisse autant s'intéresser à lui. Un arbre même pas décoratif. Qui me surplombait de toute sa rugueuse vieillesse. De toute l'âme de ses pendus.

« Bordel de merde ! » C'est la première phrase qu'ils ont prononcée lorsqu'ils ont franchi la porte.

L'un d'eux, plus sensible, réprimant un haut-le-cœur, m'a tenu un peu à l'écart. Comme si cela n'était pas un spectacle pour moi. Comme si je les avais appelés pour un simple bobo.

Le temps a passé. Comme ça. Dans un demi-brouillard. Dans une sorte de nimbe protecteur. Je sentais confusément que la maison était remuée dans tous les sens. Qu'on prenait des mesures. Qu'on relevait des empreintes. Qu'on photographiait sous toutes les coutures. Qu'on faisait son travail. Un rituel ; ballet bien réglé de policiers et de blouses blanches.

Et puis elle est passée devant moi. Sur une civière. Recouverte d'un drap. Et elle a disparu. Happée par deux ambulanciers qui l'ont consciencieusement rangée à l'arrière de leur véhicule.

L'agitation est un peu retombée. Un homme s'est présenté devant moi. Mais je ne le voyais pas. J'avais une ruche dans la tête. Des milliers d'abeilles s'activaient à nourrir leur reine.

L'homme m'a posé toutes sortes de questions couvertes par mon essaim. Des questions formulées différemment mais qui devaient donner quelque chose du genre : « Est-ce que tu sais qui a fait ça ? »

Alors d'un coup, toutes mes abeilles se sont envolées. Mes lèvres se sont mises à s'agiter toutes seules.

Involontaires courroies de transmission de ma pensée délatrice.

— C'est Antoine !... Antoine Lacaze !... L'amant de ma mère !

Et puis plus rien. Juste le voile noir de l'innocence.

*

C'est un voile blanc qui m'a réveillé. Un drap. Aussi blanc que les murs de cette chambre que je ne connaissais pas. Une chambre au fort parfum de souffrance. J'ai tourné la tête. Mes yeux se sont heurtés à une blouse. Blanche elle aussi. Et puis un peu de couleur. Sous la blouse, le rose pâle de deux cuisses charnues, légèrement poilues.

J'ai relevé la tête pour mettre un visage sur ces deux cuisses. Un charmant minois. Qui me souriait doucement.

— Ça va ?

J'ai refermé les yeux pour tenter de palper la réalité. Pour me souvenir. Comme si l'écran noir de mes paupières allait pouvoir me repasser en accéléré le film de ces derniers jours.

— Vous avez beaucoup dormi.

Cette douceur dans la voix m'était insupportable. J'aurais préféré me retrouver devant un tribunal. Sentir tout le poids de la triste justice humaine. Plaider coupable et le revendiquer. Baisser un peu la tête et offrir ma nuque au dur couperet du verdict. Braver la vindicte.

J'ai tenté de me relever. Mon corps était engourdi. Il s'est enfoncé un peu plus profondément dans le matelas.

— Où sont mes affaires ?

— Vous ne pouvez pas partir tout de suite. Vous avez subi un choc. Il faut vous reposer.

Tout allait trop vite pour moi. Mon cerveau ressemblait à une grande meringue pas assez cuite qui s'étale sur une plaque de cuisson.

— Qu'est-ce que vous m'avez fait ?

— On vous a donné des calmants.

Alors je me suis reposé. Je n'avais plus que ça à faire.

*

La maison est grande. Dehors, il y a du soleil. Et des nuages. Et comme il a plu, il y a un grand arc-en-ciel, que je regarde le nez collé contre la fenêtre. Un arc-en-ciel. Grand pont plein de couleurs qui ne sert à rien. Juste à être beau.

— Benoît ? Tu es là, mon chéri ?

Mon nez se décolle du carreau et y laisse une drôle de trace par laquelle je peux mieux voir le dehors.

— Benoît ?

À contrecœur j'abandonne mon arc-en-ciel en prenant soin, toutefois, de ne pas le laisser seul. Avant d'aller rejoindre ma maman, je lui dessine un chat sur le carreau embué. Un chat qui n'a que ça à faire. Juste le regarder.

— J'arrive !

Il me semble long le chemin qui me mène à sa chambre. J'y vais le plus vite possible, en faisant attention de ne pas marcher sur les jointures du carrelage.

C'est facile. À sept ans on a encore de tout petits pieds.

La porte de la chambre est ouverte. J'entre. Au sol, il y a du parquet. Ça va être difficile de ne pas marcher sur les rainures. Ou peut-être un saut. Un pas d'élan et pof!... Je me retrouve sur le tapis, juste devant le lit. Maman est allongée dessus. Elle me sourit. Elle est toute nue. Son corps est encore un peu mouillé. Elle vient de prendre un bain.

— Qu'est-ce que tu faisais ?

— Je regardais le ciel.

Elle me sourit encore et attrape un petit tube de pommade posé sur sa table de nuit.

— Tu veux bien m'aider ?

— Oui.

— Donne ta main !

Maman ouvre le tube de pommade et m'en met une noisette sur le bout d'un doigt que je tends dans sa direction.

— C'est pour mettre où ?

Elle me répond en écartant doucement ses cuisses.

— Monte !

Je ne me fais pas prier et je grimpe sur le lit en prenant garde de ne pas perdre la pommade. Je l'approche du bout de mon nez. Elle sent fort.

— Tu la mets là, elle me dit en désignant son zizi.

Moi, je regarde cette partie de son corps qui n'est

pas comme la mienne. D'abord il y a des poils. Et entre ses deux jambes il y a une grande fente de chair marron. Ce n'est pas très beau. Ce n'est pas vilain non plus. C'est juste bizarre. Et ça brille un peu. Un peu plus haut il y a son ventre. Il n'est pas non plus comme le mien son ventre. Il est moins lisse. Il a des petits bouts de peau qui ressemblent à un morceau de gruyère. Tout près des poils il y a aussi une blessure. Une grande trace comme je fais dans la purée avec ma cuillère.

— Il est drôle ton ventre !

— C'est toi qui l'as cassé !

Je la regarde, le doigt toujours tendu.

— Pourquoi tu mets ça ?... Tu es malade ?

— Un peu.

— C'est quoi comme maladie ?

— C'est la maladie de l'amour.

J'ouvre deux grands yeux. Je comprends et je ne comprends pas. L'amour, c'est vrai que ça fait mal. Des fois, quand je dois dormir dans une chambre toute noire et que je n'ai pas sommeil, je lui dis que je l'aime pour qu'elle reste un peu plus. Elle me répond qu'elle m'aime aussi, maman, mais elle ferme quand même la porte. Alors j'ai peur. Et j'ai mal.

Ce que je ne comprends pas, c'est pourquoi, à elle, ça lui fait mal là. Et pourquoi il faut lui mettre cette chose sur mon doigt. J'ai peut-être mal compris ce que c'est l'amour.

— Ça veut dire quoi l'amour ?

Elle me regarde comme si je venais de lui poser la plus difficile des questions. Elle pousse un soupir.

— Tu es trop petit pour comprendre, elle me répond en passant ses cuisses autour de moi.

Alors je ne cherche pas à comprendre. Je regarde une dernière fois mon doigt sur lequel la pommade commence à s'étaler. Et je le pose sur la fente marron.

— Un peu plus haut. Et masse doucement. Ça doit pénétrer.

Je fais ce qu'elle me dit. C'est chaud comme le soleil. C'est mouillé comme la pluie. Je regarde bien pour voir s'il ne va pas y avoir un arc-en-ciel. Mais non. Il y a juste ma maman qui a l'air très contente et qui respire comme le petit chien de mon grand-père.

— Tu me racontes une histoire.

Maman, elle respire toujours comme le petit chien. Mais il est malade, maintenant. C'est peut-être l'amour, les chiens. Elle ferme les yeux et elle me dit une chose que je ne comprends pas bien :

Pour l'enfant, amoureux de cartes et d'estampes,
L'univers est égal à son vaste appétit.
Ah ! que le monde est grand à la clarté des lampes !
Aux yeux du souvenir que le monde est petit !

— Elle n'est pas bien ton histoire.

Elle rouvre ses yeux et recommence à ressembler à ma maman.

— C'est de la poésie !... Ça aussi tu comprendras plus tard.

Alors je retire mon doigt. Je pose un bisou sur ses poils pour lui faire comprendre que j'en ai marre d'être petit et de ne pas tout comprendre. Et puis aussi je n'ai pas que ça à faire. J'ai encore mon arc-en-ciel à regarder. J'espère qu'il est toujours là.

*

Un bruit de porte m'a réveillé en sursaut. Sur mon front, perlaient des gouttes de sueur. Un homme s'est avancé vers moi. Il s'est assis sur le bout de mon lit. Il ne trahissait aucune expression, aucune pensée. Son visage n'était que gris neutre. Du gris rehaussé d'un regard noir et perçant. Je suis resté silencieux. Il n'allait pas tarder à parler. Il a parlé mais je n'ai retenu qu'une phrase : « Antoine Lacaze nie tout ! »

Je n'ai eu aucune réaction. J'ai cherché à bien comprendre le sens de ces paroles sans pour autant être étonné. Quelle attitude devais-je adopter ? L'indignation ? La colère ? Le dépit ?

J'ai rejeté la tête sur l'oreiller.

— C'est possible de sortir d'ici ?

Il a acquiescé.

— C'est prévu. Si tu t'en sens la force.

*

C'est ainsi que, bien reposé, je me suis retrouvé dans le bureau des enquêteurs. Pour confondre cet homme, un dénommé Antoine Lacaze, l'ultime amant de ma mère.

Ils ont été très gentils avec moi et ont pris toutes les précautions pour m'interroger.

L'un d'eux, un commissaire, aurait pu être mon père et m'a traité comme son fils. Il s'est assis sur le bureau et m'a regardé avec de grands yeux humides comme si c'était sa mère qui venait de se faire assassiner.

— Tu sais, mon garçon… Je peux t'appeler mon garçon ?

J'ai baissé la tête en signe de je ne sais quoi. Peut-être d'acquiescement. Il a repris en s'emportant ; comme pour se donner la conviction nécessaire :

— Le type qui a fait ça, c'est vraiment un salaud… Et crois-moi, il va morfler sévère… Enfin, je veux dire, si on arrive à prouver que c'est lui, c'est vingt ans minimum… Et encore, il a de la chance que la peine de mort soit abolie !…

Moi, je restais imperturbable, avec juste ce qu'il fallait de douleur. Mais je n'avais pas à me forcer. La douleur, elle était vraiment là. Une douleur de ne pas avoir pu faire autrement. Une douleur empreinte de fatalité.

— Il va falloir que tu m'aides. Que tu me racontes tout ce que tu as vu… Tout ce que tu sais… Je sais que ce n'est pas facile mais c'est la seule solution pour confondre cette ordure. Tu m'entends, Benoît ?… Il faut que tu m'aides !

— Oui… Je vais essayer.

Et j'ai tout déballé. Tout vidé. En pensant que si ça avait dû sortir d'un sac, il m'aurait fallu une sacrée besace. À ma manière, je me sentais prestidigitateur. Mais dans mon chapeau, ni colombe, ni lapin… Juste des bouts de mensonges enfouis dans un fond de vérités. Beaucoup de poudre aux yeux dans un ordre volontairement chaotique.

Antoine Lacaze était l'amant rêvé. Enfin je dis « rêvé » comme si j'avais mûrement prémédité mon crime. C'était en fait une suite de circonstances. C'était dans l'ordre des choses.

Antoine Lacaze, ma mère le connaissait depuis plusieurs années. Elle l'avait rencontré chez des amis d'amis dans un genre de fête où, à force de mélanger les gens et les alcools, on ne sait plus ce que l'on doit gerber en priorité : son prochain ou son whisky. Il ne s'était rien passé entre eux ce soir là. Juste des présentations, informelles. Lui, Antoine, se disait artiste peintre et paradait dans la soirée comme un coq dans une basse-cour. En fait de peintre, je l'ai su bien plus tard, son œuvre consistait à avoir badigeonné en rose les arbres de son jardin. Mais cela n'intéressait pas ma mère, qui ne lui avait accordé qu'un regard plein de dédain.

C'est plus tard, bien plus tard, qu'ils se sont retrouvés au hasard d'un créneau. Une marche arrière enclenchée à la place de la première et le bruit de la tôle qui se froisse. Pourtant pas de quoi faire un drame mais Antoine ne l'entendait pas de cette oreille. Ça s'est finalement arrangé à l'amiable par une partie de stock-cars : les fesses de ma mère servant de pare-chocs et ses reins d'amortisseurs.

Antoine, depuis leur première rencontre, avait un peu changé. Suite à une plainte de ses voisins, il avait tiré un trait sur sa période rose et consacrait désormais ses loisirs à la rouge. La haie mitoyenne de troènes ne s'en portait pas plus mal. Entre-temps, car il avait finalement compris que son génie risquait de rester longtemps méconnu, il avait trouvé une place d'aide soignant dans un asile psychiatrique. Cela n'avait pas arrangé son esprit déjà passablement torturé.

— Je sais déjà tout ça!... m'a interrompu le commissaire d'une voix douce. Non, ce que je veux savoir c'est... Comment il se comportait avec ta maman?... S'ils se voyaient souvent?...

J'ai pris mon temps pour répondre. Machinalement, je me suis emparé d'un coupe-papier qui trônait sur le bureau où le policier était toujours assis. J'ai caressé la lame effilée et luisante, passant mon pouce sur le tranchant qui, pour les services qu'on lui demandait, n'avait pas besoin d'être coupant. Imaginer cette pointe éventrant allégrement lettres et enveloppes m'a brusquement ramené à la brutalité de mon acte. Mais, du ventre de ma mère, ne sortait ni circulaire ni courrier administratif. Pas même le moindre mot doux laissé par un quelconque soupirant. À l'extrême rigueur une facture... La lourde addition que je lui avais fait payer. C'était le dernier rappel.

— Benoît?

Un sursaut. Le retour à la réalité. Et la pointe du coupe-papier fichée dans mon pouce. Aucune douleur. Juste une goutte de sang se frayant un chemin sous la peau. Grossissant à vue d'œil sous la pression des doigts de l'autre main. Et le doux mouvement des lèvres aspirant le nectar vermillon. La tendre succion du pouce.

Image commune sur les livres de sciences naturelles de terminale. Celle de l'embryon qui médite sur sa sortie future. Une partie du programme que je suis censé apprendre.

— Tu veux qu'on arrête ?

J'ai brusquement reposé le coupe-papier entre les cuisses du commissaire qui a fait un gros effort pour se contenir.

— On peut reprendre plus tard, si tu veux !... m'a-t-il dit les yeux braqués sur la lame stoppée pile devant deux dents de la braguette de son jean.

— Non... Ça va aller !

*

Il fait chaud. Moite. J'ai repoussé la couette de duvet. Je hais le duvet. Surtout celui qui pousse sur ma gueule d'ange. Le duvet, c'est pas viril. Pas plus qu'un ange. Je lève un instant les yeux sur la nuit qui tente de forcer l'intimité de mes volets ajourés. Elle braque ses projos la nuit. Pleins feux sur le néant. Un réverbère de la rue donne l'ambiance et la lune fait le reste. Nuit américaine en pleine France profonde et endormie. Je reviens sur la feuille blanche qui me fait face. Presque blanche. En haut à gauche un numéro. Cent soixante-cinq. Le nombre attribué au dernier poème que je tente d'écrire. Cent soixante-cinq et cent soixante-quatre à chier. À conchier et à enterrer. Rapidement je relis le début. Il s'appelle « discours ».

Des mots en vrac
Du bric-à-brac
Du brac à bric
Abricadabric
Abricadabrac
Vide ton sac…

Je froisse nerveusement le cent soixante-cinq. Il n'existera jamais et termine sa course dans la poubelle. Je me retourne et m'empare du Rimbaud posé sur ma table de jour. Le bouquin crisse rapide sous mes mains et termine sa course à une page plus cornée que les autres. Putain que c'est beau.

C'est tellement beau que ça m'énerve. Un geste brusque et l'infiniment beau vient rejoindre l'absolument con, le cent soixante-cinq, dans un coin de ma corbeille saturée. Je m'en fous… Rimbaud, je l'ai en double.

Et puis un cri. D'abord anodin. Ensuite répétitif. Je me relève. J'ouvre dans un grincement discret la porte de ma chambre, arpente à pas scotchés les neuf mètres cinquante du salon et viens coller une oreille (in) discrète contre la porte. Les cris, ceux de ma mère, me reviennent amplifiés par l'expérience du bois. Des cris de douleur. Et puis, entre chaque cri, des petits claquements secs… À intervalles réguliers. Avec de temps en temps le cliquetis métallique de la boucle d'une ceinture.

L'enfoiré, il est en train de la fouetter. Elle gémit de

plus en plus fort. Le supplie d'arrêter. Il ricane. Ça claque deux fois plus fort sur les fesses. J'aimerais tant que ce soit les fesses.

Soudain, ça s'arrête. Je n'entends plus que les soupirs de ma mère allant decrescendo. Puis la voix de l'enfoiré qui commence à déclamer. Je prête un peu plus l'oreille, au point de sentir que j'ai le tympan rivé dans le nœud du bois. J'ai raison, il déclame. Si jamais il écorche Rimbaud, je lui éclate la tête. Sa voix fuse, haletante et un peu stridente :

Épanoui de tristesse
Crucifié de caresses
L'homme énamouré d'extases morbides
Jouit !

Visuellement, à toute vapeur, je me relis le bouquin de Rimbaud. Celui que j'ai foutu à la poubelle par excès de saveurs. Ce n'est pas de lui, ça ! J'en mets ma main à couper. Il n'aurait pas pu écrire aussi con.

Un nouveau claquement de ceinture. Un nouveau cri de ma mère. Et l'enfoiré qui reprend :

Indolent et superbe
Ce vieil héros en herbe
Habité par la patience de ses rides
Crie !

Pourtant ça me dit quelque chose. J'ai déjà entendu ça quelque part. Au pire, c'est du Léon Cladel. Ce poète, ce pauvr-être dont Rimbaud ponctuait les vers de « merde » retentissants. Mais je n'ai pas le temps de penser davantage que le rituel recommence. De plus en plus assourdissant.

Les râles solennels
Et les plaisirs charnels
Se dissipent vengeurs et l'air atone
Sue !

D'un coup, ça me revient. En pleine tronche. Comme une large bouffée de honte propulsée par des vents force neuf. J'ai l'œil de cyclone qui m'arrache une interjection de malaise... Un « Ah ! » pitoyable. Quasiment muet. Et d'un coup il n'y a plus rien. Plus de poète. Juste moi et le numéro cent vingt-huit que ma mère a dû aller piquer dans mes affaires. Dans mon petit dossier rouge bien rangé sur une étagère.

Un soupir décadent
Un verbiage pédant
Excite l'homme et son corps monotone
Rue !

T'as raison, Gaston... Il n'y a que toi pour écrire un truc aussi fade. Tu aurais beau rajouter une pincée de sel et du poivre au moulin qu'il n'y aurait toujours pas de quoi en faire un plat.

Dans la chambre, ça bouge à nouveau. L'enfoiré émet un bref rire sardonique. Suivi du silence. Un silence ponctué d'un imperceptible bruissement. Celui que fait une feuille lâchée à un mètre du sol, qui se pose en douceur sur le parquet et qui achève sa course à la frontière de la chambre et du salon. Juste sous la porte. Mon cent vingt-huit ! Il m'apparaît à moitié, encore tiède des doigts suants de l'enfoiré. Fébrile, je le récupère et le froisse nerveusement en une boule compacte. Au moins, il ne passera plus sous la porte.

La porte ; j'y recolle mon oreille. Pour la vue, je peux toujours me brosser. Elle ne possède pas de serrure et le chêne fait au moins trois centimètres d'épaisseur.

Dans le sexodrome, ça s'agite ferme. Au rythme dissonant des multispires de l'Épéda du même nom. Dame mère ne crie plus ; elle halète et allaite l'autre crétin qui doit lui téter les mamelons à pleine bouche.

C'est lui qui crie, maintenant. Ou plutôt il éructe un « Je viens salope ! » qui me fait reculer l'oreille à dix centimètres de la porte. Tout en m'acharnant involontairement sur mon cent vingt-huit lové au creux de ma main, je garde espoir. Lui non plus ne deviendra jamais poète. D'un coup, j'imagine ce qu'aurait dit Rimbaud dans les mêmes circonstances. Un entrelacs d'injures tellement crues qu'elles en auraient fini par devenir distinguées.

Je n'ai pas le temps d'y penser davantage que la porte s'ouvre à la volée, découvrant l'enfoiré drapé dans la couette. Il me toise avec un sourire narquois et frotte sa verge tentaculaire – où perle une dernière goutte de semence – contre le coton fleuri.

— Sombre con, je me dis intérieurement, si encore

t'éjaculais des étamines, tu aurais peut-être une chance de féconder un chrysanthème.

Il resserre davantage la couette contre lui et passe devant moi à la manière d'un César engraissé aux hormones.

— Alors, p'tit con, me lâche l'Antoine en question en mimant ses paroles au cas où je ne comprendrais pas, c'était bon la paluche ?

Je ne réponds pas. Il se retourne en faisant un effet de manche qui le rend plus con que celui du balai.

— Ah, un conseil... Laisse tomber la prose. En revanche, pour le prose, tu fais bien de prendre des leçons...

Il me lance un dernier regard et est happé par la porte des toilettes qui se referme dans un claquement mat. Et pour cause, un morceau de coton est resté coincé dedans.

Dommage qu'il n'ait pas les couilles assez longues.

Je regagne ma chambre en lorgnant sur mon cent vingt-huit réduit à l'état de boulette et en pensant au futur cent soixante-six que je sens poindre au bout de mon imagination.

— C'est nul, je me dis... Je ferais mieux d'ouvrir un restaurant chinois.

*

— Tu veux qu'on aille manger un morceau ?

— ...

— Je connais un petit Chinois qui fait des bouchées à la vapeur formidables !

— …

— Allez viens, fils… Tu vas voir les nems… Ils font les nems comme personne !

— Personne n'aime personne, j'ai murmuré machinalement en me levant.

Le commissaire m'a pris par l'épaule et nous sommes sortis du bureau.

*

— Un soixante-trois !

— Tu ne préfères vraiment pas les nems ?

— Non… Un soixante-trois. Ce qui devait être des crevettes en nids. Soixante-trois, j'avais une confiance instinctive dans ce chiffre qui faisait écho au meilleur de ma production littéraire : c'est-à-dire quatorze rimes riches dans un style pauvre.

— Bon, un soixante-trois et des nems.

Le commissaire s'est retourné vers moi et m'a demandé si je voulais du vin.

— Je veux bien.

— Tiens, choisis, il m'a dit en me tendant la carte. Mais évite le Mouton Cadet. Je ne suis pas Rothschild, il a dit doucement, conscient que sa blague n'était pas nouvelle.

J'ai pris un cinquante de rouge. Une piquette. Un mélange. Le serveur s'est éclipsé sur la pointe de ses grands pieds. Nous nous sommes retrouvés face à une carafe d'eau à nous scruter dans les reflets cristallins. Un instant je me suis dit que mon âme était tout autant transparente. Que le commissaire pouvait y lire l'essentiel de mes pensées dès qu'il le souhaitait. Il m'a lancé un pâle sourire.

— Tu sais, mon grand... Moi aussi ma mère est morte, il m'a dit en s'essuyant le front avec sa serviette.

— Ah !... Un salaud ?

— Oui... Un dénommé « cancer » !

— Du poumon ? j'ai demandé en le voyant écraser une énième cigarette dans le cendrier... Comme si cela pouvait être héréditaire.

— Non, du tropique... Elle s'est fait bouffer par un requin dans la mer Rouge... Un peu au nord de Djibouti.

— Ah !... Je suis désolé !

— Tu n'as pas à l'être !

— Qu'est-ce qui fait le plus mal à votre avis ?

— Pardon ?

— Oui... Un requin ou un couteau ?

Il a haussé les épaules.

— Tout ce que je sais, c'est que les couteaux ont beau être plus nombreux... Eh bien ils ne foutent pas plus la trouille aux gens que les requins.

Le picrate est arrivé sur la table suivi de peu par mon soixante-trois et ses nems. On a commencé à manger en silence. De temps en temps il m'observait me débattre avec mes baguettes. Pas bien longtemps. Je n'avais pas faim. J'ai repoussé l'assiette devant moi.

« *Maman est morte et la langouste est excellente.* » Cette phrase m'a soudain martelé l'esprit. C'était le début d'un roman que j'avais lu. J'ai pensé, un peu admiratif, que le type, pour dire un truc comme ça, ne devait pas avoir d'inconscient. Moi, j'avais deux malheureuses crevettes sous mon nez et mon estomac se refusait à effectuer cet acte élémentaire de survie : manger pour ne pas être mangé. Au lieu de décortiquer les crustacés, j'ai désossé la phrase. Soudain, une évidence m'est apparue. C'est vrai que s'il avait dit : « *Maman est morte et ma boîte de ravioli est succulente* » ça n'aurait pas eu le même impact. Alors j'ai successivement regardé mes crevettes et le commissaire en me disant : « Putain, la prochaine fois, je commande du caviar ! »

— Je peux, m'a demandé le commissaire en s'emparant du reste de mon soixante-trois sans même attendre ma réponse, je peux ?

— Oui, j'ai répondu en m'emparant à nouveau de mes baguettes dans le seul but d'entamer un solo de batterie sur le coin de la table.

Ta ga da ga ta... Ta ga da ga ta... J'ai amorcé un final endiablé, juste amorti par ma serviette. Et puis je me suis arrêté net ; les yeux vissés sur les baguettes. Soudain, je savais pourquoi le commissaire m'avait emmené manger là : dans les restaurants chinois, il n'y a pas de couteau.

— Tu l'aimais ta mère ?

*

— Ton père est un sale con... Et je vais lui foutre un procès au cul !

Quand elle attaque sur ce terrain, la bouteille n'est

jamais bien loin. Je lève les yeux de mon bouquin et constate qu'effectivement, elle est bien présente ; elle crache du douze degrés qui descend, incliné à quatre-vingt-dix, dans le gosier de ma mère.

— Tu ne vas pas recommencer !... Et va mettre un pull, tu vas encore choper un microbe !

Elle ne m'écoute pas et termine à grandes lampées la bouteille. Je hausse les épaules et replonge mon pif dans mon livre, le seul recueil de Tristan Corbière : Les Amours jaunes. L'amour c'est jaune comme le rire, je pense en essayant d'en sortir un de ma bouche à demi figée par la température ambiante. Fin du poème. Je tente de passer au suivant, donc de tourner la page, mais avec des moufles, ce n'est pas vraiment évident.

Il faut me voir, assis sur le canapé, fringué comme un pygmée s'apprêtant à affronter le pôle nord. J'ai la panoplie complète : après-skis, anorak, écharpe et pour compléter l'édifice, mon bonnet à pompon planté au sommet du crâne ; comme un drapeau sur l'Everest. Dehors il fait moins dix-huit. Dedans il fait moins deux. Et la nuit ne fait que commencer.

— Tu m'entends, Benoît... Il va le cracher son fric.

Je ne peux pas vraiment lui donner tort. Si mon père lui payait la pension alimentaire, on ne serait pas là à se geler les meules. Et pour cause. Sept mille balles pour deux mois. C'est le montant de la dernière note d'électricité. Et l'hiver n'est pas fini. On n'est qu'en janvier. Alors nous avons pris une grande décision. On ne chauffe plus que sa chambre et la cuisine. Là, nous sommes dans le salon.

Sept mille balles d'électricité. Chaque mois ma mère n'en gagne que huit mille. Si on rajoute le loyer, le train-train quotidien et ce que je bouffe, le compte est vite fait. Ce n'est pas Byzance.

—Tu crois que c'est vivable ? Non mais tu crois qu'on va pouvoir tenir longtemps à ce rythme-là ? Mais réponds-moi, elle me dit en envoyant une méchante claque sur mon Corbière qui part en surfant sur la crête de mes moufles et termine son vol dans l'âtre froid et poussiéreux.

Je me retrouve les mains pleines de rien. Je n'ai même pas de neige pour faire un bonhomme. Je reste de glace et, pour toute réponse, lui assène les derniers vers que je viens de lire.

Manifestement, ce n'est pas le moment. Corbière le maudit ne l'inspire pas. Je suis parti pour la longue litanie des soirs de beuverie. On dit que l'alcool réchauffe. Je veux bien le croire. Elle est en transe ma mère. Elle qui d'ordinaire ne supporte pas le moindre courant d'air. Là, il faut la voir faire les cent pas autour du canapé.

—Je croyais que tu n'aimais pas marcher !

Elle s'arrête et frotte ses bras légèrement bleuis par le froid.

—T'as raison... je vais prendre un Tranxène !

—Tu en as déjà pris deux. Tu ne peux pas arrêter de prendre toutes ces saloperies ?

—Mais je suis malade !... Malade, tu comprends ? Et quand je le dis, personne ne me croit.

—C'est le bronzage !

— Qu'est-ce que tu dis ?

— Le bronzage, ça ne va pas avec la maladie. Il faut choisir entre la dépression et les U. V. Mais les deux ensemble, c'est incompatible. Pour être crédible, je veux dire.

— T'es bien comme ton père. Il faut toujours que tu aies réponse à tout... Mais il ne va pas s'en tirer comme ça ton salopard de géniteur. Et tu vas m'aider. Tu vas témoigner qu'il ne me file pas ma pension. Tiens, c'est même toi qui vas l'attaquer. La semaine prochaine, on va voir l'avocat.

Engourdi, je me lève et extirpe délicatement mon Corbière de la cheminée. Je souffle sur la tranche pour le débarrasser d'un excédent de cendre. Il ne craignait pas grand-chose dans le profond foyer de briques réfractaires ; on a déjà brûlé tout le bois qu'on a acheté pour l'hiver.

— On en reparlera demain, tu veux bien, je dis en m'approchant d'elle.

Elle a la chair de poule. Je passe une moufle contre son bras.

— Ne me touche pas, tu m'entends. Ne me touche pas, je deviens folle.

Preuve à l'appui, elle s'empare de la bouteille de vin vide qu'elle fracasse contre le carrelage à l'autre bout de la pièce. Puis elle se dégage vivement et s'empare de la bouteille de whisky posée sur le coin du bar. Elle en absorbe quelques rasades tout en me fixant de ses beaux yeux brillants. Moi, j'affecte une certaine nonchalance. Je range mon Corbière dans la poche de mon anorak. Elle s'apprête à parler, cherche ses mots, mais je la devance.

— Il faut que tu te retrouves un mec !

Ça lui cloue le bec quelques secondes ; trop brèves à mon goût. Je me dis que j'aurais mieux fait de ne pas lui rappeler qu'elle vient de se faire plaquer récemment. À la limite, c'était mieux qu'elle se défoule sur mon père. Les vieilles rancœurs sont plus faciles à avaler. Trop tard. Elle est partie. Lancée à toute vapeur. C'est la terre entière qu'elle attaque avec pleins feux sur les hommes. Tir groupé sur le sexe masculin. Je ne sais plus où donner de l'oreille. Ça rentre par l'une ça sort par l'autre. J'aurais bien besoin d'un radar, moi. Un « Tous des enculés ! » pénètre direct dans mon pavillon aussitôt suivi d'un « Je les emmerde ! ». Puis c'est Pearl Harbor sur son dernier jules, un certain Boris : « Celui-là, si je le retrouve, je lui coupe les couilles. Et pour ce qu'elles lui servent... Ce ne sera pas une grosse perte ! »

Boris, je peux en faire une rapide fiche signalétique. Mais à quoi bon. Il a juste vécu cinq ans avec ma mère en passant son temps à s'arracher les poils du nez. Et puis il est parti. Tout simplement. Pour une autre. Une à qui il veut faire des mômes. Au moins un. Pour connaître l'odeur des couches sales.

Ça n'arrange pas l'état de santé de ma mère qui s'acharne sur une pile de disques que le fameux Boris a oublié d'emmener dans ses affaires. Je me vois soudain parti pour une longue partie de frisbee. Mais non, elle préfère les casser et les piétiner. Je pourrais intervenir mais il n'y a que des nanars. Les bons, Boris leur a fait une petite place dans un carton dès le premier voyage.

Je me rassois dans le canapé et j'attends, contemplant d'un œil morne les microsillons atterrir en morceaux sur le sol glacé.

— T'as raison, je dis au bout d'un moment, tous tes souvenirs, ils sont gravés là-dedans !

Ma mère, ça l'arrête aussitôt. Elle regarde alternativement son fils et le disque qu'elle s'apprêtait à écrabouiller. Pendant un court instant plus aucun son ne sort de sa bouche. C'est le calme après la tempête. Elle repose presque délicatement le disque sur l'étagère. Puis elle se met à pleurer. Les larmes me semblent jaillir de partout. Dans le salon il fait de plus en plus froid et j'ai peur qu'elles se mettent à geler. Qu'elles émaillent son visage de fins glaçons salés. Qu'elles se figent au bout de son nez en un long stalactite de détresse.

Il n'en est rien et elle se met à pleurer sec. Des spasmes de rage prennent le relais. Ma mère s'écroule sur le tapis, incapable de contenir sa douleur née d'échecs répétés.

— Allez, calme-toi maintenant.

Encore une phrase qu'il ne fallait pas dire. Qui focalise ses angoisses. Du coup, c'est à moi qu'elle s'en prend. Elle me dit que je ne suis qu'un sale petit con et que je ne fais rien pour l'aider. Pour ne pas céder à l'agacement, je rabats les bords de mon bonnet sur mes oreilles et je laisse passer l'orage, conscient que *moins j'en dirai plus il sera bref. Ça me donne raison. Chancelante, les yeux gonflés, ma mère se relève. Un dernier hoquet soulève sa poitrine. Elle roule des yeux hagards dans toutes les directions. Et, sans prévenir, d'un geste sec, elle tire sur le fil du téléphone qui se retrouve à ses pieds.*

— Qu'est-ce que tu fais ?

Elle reste muette et compose fébrilement un numéro.

— Tu appelles qui ?

La réponse, je ne l'attends pas bien longtemps.

— Allô, maman ?... C'est moi !

Nom de Dieu, elle a réveillé ma brave femme de grand-mère. Je me prends la tête dans les mains. Incapable de réagir. Attendant la suite qui arrive à grands pas.

— J'veux mourir, maman... J'veux mourir... Je vais prendre toute ma boîte de médicaments. Tu comprends maman, personne ne m'aime.

Ma pauvre vieille, à l'autre bout du fil, elle ne doit rien comprendre. Elle doit croire que c'est un mauvais rêve et que ça va passer. J'entends sa voix lointaine dire « Qu'est-ce qui se passe ? »

— Tu n'entendras plus jamais ma voix, maman !... Demain, je serai morte !

Là, c'en est trop. Je me précipite sur ma mère. Je lui arrache le combiné des mains et, d'un coup d'épaule, je la propulse hors du tapis. Toujours hoquetant, elle se retrouve le nez planté sur le carrelage, près de la cheminée.

— Allô, mémé ?... Non, non, c'est rien ! Mais non,

elle ne veut pas mourir ! Ne t'inquiète pas, elle a juste un peu trop bu... Mais non, elle ne va pas prendre tous ses médicaments. Je les ai planqués.

Bref, je fais de mon mieux pour tenter de dédramatiser tout en jetant des regards inquiets vers ma mère qui ne compte pas s'endormir sur ses lauriers. Je la vois ramper péniblement vers la cheminée. Le froid et l'alcool donnent à son visage un mel'pot de teintes tirant sur le rouge.

— J'te pro... mets, ma... mam-an... J'vais mou...

Elle n'a pas le temps d'en dire davantage. Le « rir » qui devait accompagner le « mou » est précédé par du dur : l'intégralité de son dernier repas. Je détourne la tête et m'aperçois que ma malheureuse grand-mère est toujours en ligne. Avec un peu de chance, demain, elle croira qu'elle a rêvé. Je pense qu'il va suffire que je lui chante une berceuse. Que dès qu'elle sera à nouveau endormie, je pourrai raccrocher discrètement. Mais je me trompe. Au lieu de ça elle me harcèle de questions du genre : « Qu'est-ce que tu as encore fait pour mettre ta mère dans des états pareils ? »

Et tandis que grand-mère se fait de la bile, ma mère dégueule la sienne en poussant des petits cris plaintifs entrecoupés de douloureuses interjections.

— Bon mémé, elle est malade. Je vais m'occuper d'elle et je te rappelle dès que c'est fini, j'ajoute, certain qu'elle ne se rendormira pas de sitôt.

D'ailleurs, je ne vois pas comment je pourrais davantage poursuivre la conversation car ma mère, dans un dernier sursaut, arrache le câble du combiné. Je me retrouve avec un téléphone sans fil vraiment plus agréé P. T. T.

— Je suis malade, hein, je suis malade ?

Je n'ai plus le cœur de la contredire. J'acquiesce.

— Allez viens, je vais te coucher.

Elle ne m'oppose pas de résistance. Je la prends dans mes bras et la conduis jusqu'à sa chambre.

— Une bassine !... J'ai besoin d'une bassine, elle me dit, le cœur au bord des lèvres.

Je la dépose sur son lit et pars chercher l'objet de ses désirs ainsi qu'un gant de toilette. Je reviens. Elle pique du nez dans la bassine. Je lui passe un peu d'eau sur le front. Elle ferme les yeux. Je sors mon Corbière, choisis une page au hasard et commence à lire mécaniquement :

Je suis la pipe d'un poète,
Sa nourrice, et : j'endors *sa Bête.*

— Tu ne m'abandonneras pas, hein ?

— Non, ne t'inquiète pas !

Quand ses chimères éborgnées
Viennent se heurter à son front,
Je fume... Et lui, dans son plafond,
Ne peut plus voir les araignées.

— Tu m'aimes ?

— Bien sûr !

— Tant mieux !

Une dernière strophe. Elle s'est endormie la tête dans la cuvette. Je range mon Corbière. Je retire la cuvette. J'enveloppe ma mère sous la couette. J'éteins la lumière. Je sors. Dehors, il fait toujours moins dix-huit. Je pars en quête d'une cabine téléphonique. Je serre Corbière contre mon ventre. J'ai l'impression qu'il me réchauffe.

*

J'ai relevé la tête. Le restaurant était toujours là. Le serveur était près de moi.

— Tu veux autre chose ? m'a demandé le commissaire.

— Oui, je veux bien une fille à poil !

— Pardon ?

— Je veux dire que j'aimerais bien un peu de cet alcool qui fait apparaître des femmes nues au fond des tasses.

— Ah, du saké !

— C'est ça !

Le commissaire en a commandé deux qui sont passés par le col de la bouteille en sifflant. Le corps dénudé d'une petite Asiatique m'est apparu au fond de la tasse. Avec le bout de mon doigt j'ai agité la surface du liquide pour essayer de faire bouger la jeune fille. Pour qu'elle fasse une danse érotique. Rien que pour moi.

— Elle est comment la vôtre ?

Il m'a montré un verre déjà vide. La fille s'était

évanouie. Elle ne devait pas être aussi jolie que la mienne. Ou alors il n'aimait pas les femmes.

— Tu sais Benoît... Tu m'impressionnes beaucoup... Tu n'es pas comme les autres jeunes... Ceux que je côtoie habituellement...

Je sentais confusément que j'étais parti pour un quart d'heure clichés. Je n'avais qu'une envie : plonger dans le fond de mon verre, rejoindre ma vahiné et vivre avec elle d'ivres amours aquatiques. Rire, jouir et renaître.

— Perdre sa mère ça rend forcément différent, j'ai répondu en enfonçant délicatement mon index dans le saké dans l'unique but de provoquer chez ma belle une réaction d'envie.

— Ce n'est pas ce que je voulais dire... Tu as autre chose...

— Vous avez de la pudeur ?

— Oui !

— Alors taisez-vous, j'ai répondu énervé de ne pas pouvoir délivrer ma nouvelle fiancée du piège de verre. J'aurais tellement aimé la voir remonter à la surface. Qu'elle nage pour moi le plus beau des ballets. Toujours pour moi. Rien que pour moi.

J'ai retiré mon doigt ; brusquement. À la surface de la tasse, un mini raz-de-marée s'est formé, éjectant une partie du magique breuvage dans la sous-tasse. Lentement, progressivement, le calme est revenu en surface. Et le visage de ma mère m'est apparu. D'abord ridé. Puis de plus en plus lisse. Elle me souriait. Je ne l'ai pas supporté. Je l'ai avalée d'un trait ; la sentant couler le long de ma gorge pour finir par se caler au creux de mon ventre.

— Bon !... On y va, m'a dit le commissaire avec une pointe d'agacement.

Docile, je me suis levé et j'ai suivi le commissaire en pensant avec amertume à ma jeune fille du verre ; aussi inaccessible que le bonheur.

*

Le jour se lève et darde les premiers rayons d'un soleil que je vais forcément trouver beau. Un soleil auquel, au crayon noir, j'ai envie d'ajouter un large sourire et éventuellement un nez et deux yeux. Un rayon, plus familier que les autres, entre dans la chambre et vient me caresser la joue, soulevant au passage quelques embarras de poussières qui forment un voile de pudeur.

Et il en faut.

Je me retourne doucement, roule dans le creux du lit et me love contre deux fesses légèrement charnues et terriblement excitantes.

J'ai la gaule du matin. Une trique qui me tend tellement la peau des couilles que j'ai l'impression qu'elles vont éclater. Mais c'est bon et je frotte ma verge gonflée contre la peau douce et imperceptiblement granuleuse. Sa peau à elle. Ça la surprend. Elle n'a pas encore l'habitude. Moi non plus. Elle se retourne dans un sursaut et manque d'emporter entre son cul-étau une partie de ma virilité.

— Tu m'as fait bizarre, elle me dit pas encore réveillée.

Et elle ajoute avec une pointe de naïveté.

— C'est toujours comme ça, l'amour ?

Moi, je me sens professeur. J'ai envie de lui transmettre toute l'expérience que je n'ai pas mais que j'ai mille et mille fois vécue dans ma tête. Lui dire toutes les femmes que j'ai possédées en pensées. Délaissant les plus belles pour concentrer mon attention pour d'autres critères à la limite de la zoophilie : aimer celles qui ont du chien et une chatte.

— Tout ce qui vient de toi fait mal, je réponds vachement content de m'en tirer à si bon compte.

Elle m'embrasse. Sa bouche est pâteuse. C'est encore meilleur. Je sens ses seins rouler contre mon anatomie glabre ; pubère juste ce qu'il faut. Elle me met un doigt sur la bouche et me lance tout doucement au creux de l'oreille un :

— T'es un mec bien.

Je le prends presque comme une insulte. Cette nuit, on a fait l'amour deux fois. La première, j'avais le zizi comme une virgule. Incapable de contrôler le trop-plein de désirs. Il a dérapé sur sa toison en déversant son flux de vitalité. La deuxième, il s'est heurté à un hymen terrorisé ; un hymne à la peur. Résultat, le drap ressemble à une peinture de Miró ; quelques taches rouges et jaunâtres sur fond blanc. C'était la première fois. Pour nous deux. Et c'était malgré tout plus beau qu'un Miró.

— Tu me laisses encore une chance ?

Pour toute réponse, elle m'enveloppe dans ses bras et m'attire contre son ventre qu'elle tend comme un petit bec d'oisillon qui attend sa becquée. Son corps est partout. Le léger duvet qui le tapisse se hérisse de milliers de pointes soyeuses qui attisent mon désir. Mon sexe tâtonne et tente de se frayer un chemin entre ses cuisses maladroitement serrées. Au risque de m'en faire péter le frein, je force ce passage tant convoité en récitant mentalement une prière d'usage. Allez, Sésame, ouvre-toi. Découvre-moi tous tes trésors. Mais le fruit est vraiment bien défendu. Je n'y tiens plus. Je m'aide de la main.

— Doucement, elle me dit du haut de ses seize ans et demi.

Une presque vieille.

Ça me bloque quelques instants. J'évalue mon étreinte qui me semble normale. Bordel, les femmes, ce n'est quand même pas du verre.

— Il vaut mieux que tu te débrouilles toute seule.

Elle m'ouvre deux billes marron qui sont tellement rapprochées des miennes que je n'en vois plus qu'une. J'ai l'œil de miss Cyclope qui me scrute un peu affolé.

— Tu me plais trop ! Je vais encore te faire mal.

Ça semble la décider. Je sens son bras glisser entre nos corps. Un long serpent au sang chaud. Dépêche-toi, bon Dieu. Dévore ta proie. Je veux bien inverser les rôles. Je veux bien être ta souris. Soudain, un frôlement m'électrise. Un doigt hésitant parcourt le sommet de mon gland. Des bouffées d'hormones me sortent par tous les pores. Et dire que je pensais qu'il n'y avait rien de meilleur que la branlette. Qu'on était seul capable de maîtriser son corps. Toutes mes théories s'effondrent d'un seul coup. Mais je m'en fous car l'ensemble de ses phalanges vient de happer mon érection incontrôlable. Si je ne pense pas à autre chose, je vais encore battre le record du monde du tireur le plus rapide. Celui qui ne touche jamais la cible. Penser à autre chose tout en évitant le pire. Le triste. Mais penser tout de même. Tiens, une chanson par exemple. La première qui te vient à l'esprit :

La digue du cul en revenant de Nantes…

Très mauvais ça. Essaye une autre.

Je m'suis fais tout p'tit devant une poupée
Qui fait maman quand on la touche

Ma mère, ce n'est pas non plus le moment d'y penser. Mais alors quoi ? Ferme les yeux. Fais le vide. Sois zen. Relax. Pète un coup.

— Ça y est ?

— Quoi ?

— J'y suis ?

Elle ne me répond pas ; tendue par la situation. Je pense, un peu honteux, à la large portée romantique de notre dialogue et pour la première fois de ma vie je bénis Dieu : d'avoir inventé la femme et de me l'avoir fait rencontrer. Vautrée sur moi, elle s'agite. Et en plus il n'y a rien à faire. C'est vraiment ça l'amour ? Pour la première fois j'ai conscience qu'elle se laisse vraiment aller et qu'elle commence à prendre du plaisir. Encore bien discret pour le moment. Moi, mon temps est compté. J'aimerais qu'elle se dépêche de me dire que c'est bon.

— Qu'est-ce que c'est bon !

Comme un con, c'est moi qui l'ai dit. Mais ça n'a pas l'air de la choquer. Alors je tente d'entrer encore plus profondément dans son ventre. J'essaye de repousser la limite des ses chairs. De les rendre conformes à la passion qui m'habite. Mais d'un coup tout bascule. Dans ce qui me semble être un immense fracas. Tous mes efforts sont annihilés par un brusque retrait du sexe. Son sexe à elle. Il s'ensuit un violent bruit de porte. Je sens ma belle atterrir à mes côtés et s'enfouir sous la couette. Pour se cacher. J'ouvre des yeux surpris et découvre ma mère qui se tient debout devant mon lit. Elle semble de fort bonne humeur et m'affiche son plus beau sourire. Qu'est-ce qu'elle fait dans ta chambre ? Pince-toi, tu rêves.

— J'ai deux bonnes nouvelles, les jeunes... C'est dimanche et il fait beau !

Nous, on reste figés. Elle encore plus que moi. Elle est pétrifiée sous la couette. Toute la chaleur de son corps s'évanouit d'un bloc. J'ai un iceberg dans mon lit. Je tente d'articuler quelque chose mais ça ne sort pas. Et ma mère qui continue à sourire. Et qui s'assoit sur le bord du lit. Et qui me tapote avec une bienveillance toute maternelle le bout des pieds.

— Tu n'as pas oublié que Jean-Pierre et Catherine

viennent manger ce midi. Je vais faire un gigot d'agneau avec des frites et du melon en entrée. Tu pourras éplucher les patates ?

Je lui réponds par un regard qui devrait normalement l'encourager à disparaître illico de ma chambre. Au lieu de ça, elle se relève et entreprend de faire un brin de ménage sur mes étagères tout en fredonnant un petit air guilleret. Dis quelque chose. Tu ne peux pas laisser passer ça. Mais je suis tellement soufflé que je ne trouve pas les mots pour l'affronter. D'ailleurs comment affronter une permission ? Voire pire un encouragement. Celui de devenir un homme. Soixante-huit a beau être passé par là, j'en connais peu des parents qui acceptent que leurs rejetons ramènent des jeunes vierges chez eux. Iphigénie montant sur l'autel. Offerte en pâture à Acnis le Dieu boutonneux de l'adolescence. C'est le cadeau empoisonné que m'a fait ma mère et je n'aurais jamais dû y toucher, ne jamais enlever le ruban qui le ceignait. Lui dire non. Lui dire qu'il en existe des lieux pour puceaux. Des granges désertées à la forte odeur de foin. Des bois aux essences multiples qui rendent l'inconfortable encore plus attrayant. Et que sais-je encore ? Même un simple fossé pourvu qu'il soit sec ; à l'abri du monde... Loin des regards de ma mère qui se dirige pour l'heure vers la fenêtre. Elle ouvre en grand les volets sur le jardin et respire à pleins poumons la petite brise matinale. Pendant ce temps, sous la couette, toujours aucun signe de vie. C'est à peine si je sens le souffle oppressé de celle que j'ai involontairement mise dans de sales draps. Seule une boucle de ses longs cheveux émerge au dessus de la housse. Je tente de la rassurer en passant un doigt tendre et discret le long de son dos frissonnant. Mais alors que j'atteins ses reins, ma mère arrive au niveau du lit. D'un geste sec, elle s'empare de la couette.

— Allez hop, il faut aérer tout ça! Ça sent le renfermé dans ta chambre.

Nous, on se retrouve tout nus. Même le Miró nous sert à rien. Pas de quoi s'y tailler la plus petite feuille de vigne. Aucune échappatoire. Nous sommes offerts à l'œil exercé de ma mère. Ma copine se recroqueville en poussant un petit cri plaintif. Elle n'a pas assez de mains pour cacher tout ce qui lui appartient : un petit corps doré ; en d'autres instants terriblement appétissant. Mais ma mère a déjà abandonné la couette au profit de la petite culotte de ma copine qu'elle tourne et retourne dans tous les sens, ne se privant pas d'en évaluer la taille ni d'en examiner le fond.

— C'est marrant, hein, on a les mêmes. Elles sont bien. Confortables. Et puis pour le prix...

Bordel, dis quelque chose au lieu de serrer entre tes cuisses ton sexe ramolli. Oublie que c'est ta mère. Lève-toi et frappe. Montre-lui que tu la connais la vie. Qu'elle n'est pas faite pour se faire marcher sur les pieds et encore moins pour se faire piquer son slip. Je suis pris de vitesse par ma copine qui récupère ses affaires à la va-vite, quitte le lieu de ses premières douleurs, et se réfugie en courant dans la salle de bain.

— Elle n'est pas un peu timide ?

Je serre mes poings à m'en éclater les jointures.

— Elle a de gros mollets, non ? Tu ne trouves pas que les miens sont plus fins ?

J'ai Beyrouth dans la tête. Je la sens prête à exploser. Ma mère se rassoit sur le bord du lit. Elle veut m'attraper un pied. Mais je me dérobe.

— Elle est quand même mignonnette.

J'affronte son regard. Le mien, j'essaye de le rendre le plus dur possible. Je veux qu'elle sente toute la haine qu'il contient à cet instant.

— Merci !

C'est tout ce que je trouve à dire.

*

— Bon, Benoît, on reprend tout à zéro !

Il était toujours là, le commissaire. Immuable. Le nez plongé dans un dossier. Il a chaussé de drôles de petites lunettes rondes. Des loupes. Ses yeux me paraissaient démesurés ; capables de discerner le moindre de mes faux pas. Des yeux de hibou, faits pour percer la nuit, le noir, l'opaque et le non-dit. Des yeux de myopes, empereurs au royaume des borgnes. Des yeux de flic, attentifs, payés pour remuer la merde.

Moi, la merde, elle me collait au train comme ma première couche culotte. Comme le talc, l'éosine et les pommades que ma mère me passait d'un doigt expert. Le pire, c'est que je devais y prendre du plaisir. Me fendre de ma plus belle risette. Agiter des petons tout fripés de bonheur. Tendre des menottes, des mimines aux didis acérés d'ongles tendrement griffus. Évacuer un rototo de lait tiède et fermenté. Ou un pissou à faire pâlir d'envie le Manneken-Pis.

Et là, je ne pouvais rien reproduire. Aucun de ces gestes, aucun de ces réflexes aussi primitifs qu'essentiels. Le sourire n'était pas de circonstance. Mes pieds macéraient dans des tennis éculés. Mes mains étaient agitées de tremblements convulsifs et perdaient toute maîtrise d'elles-mêmes. L'éructement était laborieux. Quant à l'urine, elle venait de tapisser par gros jets indélicats les latrines du commissariat.

— On fait comme vous voulez… J'ai tout mon temps.

Le lieu, sinistre à souhait, était propice à la confidence. Le costume bleu du commissaire rehaussé d'une cravate constellée de points multicolores détonait dans la grisaille environnante.

— J'aimerais que tu me retraces le plus précisément possible ce qui s'est passé chez toi le jour du crime… Tout. Il faut que tu me dises tout. Même ce qui ne te paraît pas important.

Il était plein de commisération mon commissaire. Dans sa manière de parler et jusque dans le moindre de ses gestes. C'est ainsi qu'il a appuyé sur la touche enregistrement d'un magnétophone portatif. Avec une grande délicatesse. Alors j'ai puisé dans ce passé dont mon avenir dépendait. Je me suis écouté parler. Entendant déjà les déraillements de ma voix – pas encore tout à fait placée – s'incruster méthodiquement sur la bande magnétique.

Le jour du drame, ma mère était nerveuse. Elle avait pris la décision de rompre avec Antoine. Leur liaison ne durait que depuis un mois mais, déjà, elle avait atteint un point de non-retour. Dans la violence. Dans la passion. Il faut dire que ma mère sortait d'une longue période de célibat. Six longs mois à rechercher désespérément l'âme sœur. Celle d'Antoine ne serait jamais l'élue. Il représentait a priori tout ce qu'elle détestait. Tout ce qui, pour elle, faisait des hommes la pire des espèces. Pour se donner le courage de lui avouer que c'était terminé, elle a commencé à picoler très tôt. Un peu avant le déjeuner. Elle allait et venait d'une pièce à l'autre en proie à je ne sais quelles tortures mentales. De temps en temps elle poussait des cris de colère. À d'autres moments elle se parlait toute seule ; ressassant sans doute toutes les paroles qu'elle lui dirait le moment venu. Entre quatre-z'yeux. Mais pour l'heure elle brassait du vent en fumant cigarette sur cigarette. Elle est venue vers moi et m'a demandé ce que j'en pensais. Je tentais de me concentrer sur un devoir de maths. J'ai relevé la tête vers elle. Que fallait-il penser de quoi ? De sa vie actuelle ? De ses déboires perpétuels qu'elle s'acharnait à collectionner ? De son manque d'envies, de centres d'intérêts, de motivations ? Fallait-il lui dire qu'elle ne serait jamais heureuse ? Fallait-il tenter de la rassurer une fois de plus ? J'ai soupiré. Cela n'a fait qu'accroître sa nervosité. Elle m'a dit qu'elle ne pouvait jamais compter sur moi et d'autres choses du même ordre. Elle avait une légère tendance à radoter.

Mais bien compréhensible après le troisième verre qu'elle venait d'avaler cul sec. Elle a réitéré sa question. Qu'est-ce que j'en pensais ? Que devait-elle faire avec Antoine ? Je lui ai répondu que toute cette histoire n'avait pas lieu d'être. Que ce n'était pas quelqu'un pour elle. Qu'il ne lui apporterait que du malheur. Ah ! Elle avait raison. Elle le savait. Elle l'avait toujours su. Mais il fallait que je l'aide. Seule, elle ne serait sans doute pas capable de trouver les mots justes. Elle avait besoin de ma présence. Moi, son petit homme. Le seul qui lui ait donné un peu de satisfaction dans sa pauvre vie d'incomprise. Son unique rayon de soleil dans cette terne existence. J'allais l'aider, hein ? Il fallait que je l'aide. Et après on recommencerait comme avant. Comme quand c'était bien. Comme quand c'était tous les jours dimanche, Pâques ou Noël. On ferait resurgir tous les bons souvenirs. On ferait une grande fête rien que tous les deux. Avec des bougies et de la musique. Et puis on ouvrirait une bonne bouteille. Pas cette piquette dont elle venait de s'envoyer une nouvelle rasade. Et qui la faisait grimacer. Et qui lui tordait les boyaux dans tous les sens au point de sentir que ses tripes n'étaient qu'un vaste échangeur autoroutier surchargé. Non, on serait bien. Rien que nous. Les autres ne nous méritaient pas. C'étaient des petits. Des mesquins. Des... Hein, je l'aiderai ? J'allais répondre « non ». J'allais lui dire qu'il était temps qu'elle prenne ses responsabilités quand le téléphone a sonné. Sa main a happé la bouteille posée sur le buffet et elle s'est enfuie à toute vitesse vers le combiné. Courant le plus vite possible vers un destin qui ne manquerait pas d'être cruel avec elle. J'ai repoussé mes maths devant moi. Ma mère valait toutes les équations. À plusieurs inconnues.

L'inconnu, c'est le plus grand des hasards.

Le repas s'est passé dans une latence imparfaite. Du coup de téléphone, je n'avais entendu que des bribes. Des bouts de monologue. Des exclamations allant du « Ah ! » de dépit jusqu'au « Oh ! » d'admiration. Des « Oh ! » et des « Ah ! ». Des rots et des râles. Du sot et du sale. Des mots et du mal. Peu de chose en vérité. Si ce n'est un brusque raccroché de ma mère excédée. J'ai évité les questions, sachant que les réponses viendraient d'elles-mêmes. Je savais qu'il suffisait que mon regard franchisse le seuil de mon assiette pour qu'aussitôt elles affluent. Impudiques à souhait. Aussi brutes qu'un amour-propre devenu sale.

Et de fait, alors que, repu, je me laissais aller à l'inconfort de ma chaise, ma mère s'est mise à déblatérer contre son amant. Que croyait-il, ce monstre d'égoïsme ? Qu'elle était à sa disposition ? Qu'il n'avait qu'à la siffler pour qu'aussitôt elle écarte les cuisses et attende, soumise, le bon vouloir de monsieur ? Qu'elle n'était qu'un jouet prête à assouvir tous ses phantasmes ? Eh bien non ! D'ailleurs, elle ne s'était pas privée de le lui dire. Entre eux, c'était fini. Définitivement. Irrémédiablement.

Je n'ai pas osé lui dire qu'elle avait un peu présumé de la fin de sa saga que déjà elle bondissait de son tabouret. Elle venait de reconnaître le bruit caractéristique, toutes soupapes hurlantes, de la vieille 403 rouge d'Antoine. Il a pilé au dernier moment, écrasant au passage le massif de soucis anarchiquement disposé non loin de la porte d'entrée. Un dernier vrombissement et il a coupé son moteur. Mais ma mère était déjà à la hauteur de sa portière à le traiter de tous les noms. Qu'est-ce qu'il venait faire là ? N'avait-elle pas été assez claire au téléphone ? Antoine ne s'est pas démonté pour autant. Il est sorti de sa voiture et est entré dans la maison, suivi comme son ombre par mon hystérique de mère. Il m'a gratifié d'un « Salut p'tit con ! » qui ne m'a fait ni chaud ni froid et auquel je n'ai pas daigné répondre. Il s'est emparé de la tasse de café que je venais de me servir et l'a avalée d'un trait. En grimaçant car je n'avais pas encore mis de sucre. Puis il s'est tourné vers ma mère et l'a violemment attirée contre lui. Il l'a embrassée à pleine bouche baveuse. Elle a tenté de se soustraire à son emprise. Mais il la maintenait fermement, aplatissant ses seins contre son torse, plaquant ses mains contre ses fesses. Quand il a enfin libéré ses lèvres, elle s'est mise à crier. Lui enjoignant de la lâcher. Le suppliant de partir le plus loin possible. De ne jamais revenir. D'aller au diable. Il a ricané et lui a répondu que c'était impossible. Que c'était sa chose. Qu'il l'avait dans la peau et que, tant qu'il serait en vie, il ne lui laisserait pas un moment de répit. Que son sexe serait toujours prêt à la défoncer. À la prendre par tous les trous. Et si ça ne suffisait pas, il amènerait des copains. Et même les chiens des copains. Alors elle lui dirait qu'elle n'a jamais connu un homme comme lui et que… Il n'a pas pu en dire plus. Ma main s'est posée sur son épaule entamant fortement son lyrisme. Ma voix s'est élevée. Beaucoup plus ferme que je ne le pensais : « Maintenant tu la laisses et tu fous le camp ! » Effectivement, il l'a lâchée. Il s'est tourné vers moi et a plissé ses yeux. Deux fentes émeraude injectées de sang. Sa bouche s'est fendue d'un rictus qui m'a dit : « C'est toi qui me parles, trou du cul ? » J'avais le cœur à deux cents. Je sentais mes veines battre dans mon cou. J'ai réitéré ma demande : « Maintenant, tu dégages ! »

Je n'ai rien vu venir. Je me suis retrouvé plié en deux. Le souffle et les jambes coupés, incapable de reprendre ma respiration. J'ai pris un méchant coup de poing au plexus. Mon corps était enveloppé d'un voile de douleur. Seul le contact glacé du carrelage me rappelait que j'étais dans la cuisine ; encore vivant. J'essayais d'articuler. Mais rien à faire. Même l'air ne passait pas. Ou alors à la manière d'un apprenti trompettiste. Par crachats incontrôlables. Par bribes de salive. Je n'entendais plus rien. Pas même les cris de ma mère qui, j'en étais sûr, devait s'égosiller. Et puis c'est revenu. Lentement. L'oxygène retrouvait mes poumons. Assis sur mes talons, j'avais les genoux de ce crétin en point de mire. Mais j'étais incapable de réagir. Trop préoccupé par ma souffrance. Plus morale que physique. J'ai vu la pointe de sa chaussure grossir. Passer au-dessus de mon visage et se poser sur le faîte de mon crâne. Un petit coup sec. Et ma tête a basculé en arrière. Projetant mes envies de rébellion à l'autre bout de la cuisine. « Dehors ! », c'est l'unique mot qui est parvenu à mes oreilles bourdonnantes. J'ai redressé la tête. Le visage livide de ma mère m'est apparu en premier chef. Son regard s'est dérobé du mien et s'est tourné vers la bouteille aux trois quarts vide. Avide, elle a sucé le bout du goulot au risque de s'écorcher la bouche sur la capsule d'aluminium rouge. Le crétin allait d'elle à moi, nous surplombant de toute sa puissance. De toute sa connerie. J'ai rassemblé mes dernières forces. Je me suis relevé. Je suis passé entre eux. Frôlant leurs corps. Et je suis sorti. La légère bise a achevé de me requinquer. Un petit chemin de campagne menait au bout de la vie. Je m'y suis enfoncé. La tête pleine d'amertume. Et pas même la Grande Ourse pour me guider.

J'ai repris ma respiration. Le commissaire a coupé son magnétophone. Nous avons échangé un long silence à peine troublé par le brouhaha qui montait du commissariat. Une agitation diffuse. J'ai essuyé une larme qui sortait toute seule de mes yeux rivés sur la fenêtre. Le soleil déclinait dangereusement derrière une barrière d'immeubles et inondait la pièce d'une lumière rasante. Elle se réfléchissait dans le verre de ma montre et allait frapper le front du commissaire, tapi dans l'ombre de son bureau.

— Encore un petit effort, Benoît.

Il allait remettre en route le magnétophone quand on a cogné à sa porte. Il s'est levé et est allé ouvrir. Il a échangé quelques mots à voix basse avec un de ses collègues. Je leur tournais le dos. Je ne pouvais pas les voir mais je sentais tout le poids de leurs regards peser sur ma nuque. Un long frisson m'a parcouru l'échine. Et si tout cela était vain. Et s'ils avaient compris dès la première minute que le coupable, le seul, c'était moi. J'ai regardé mes mains, m'attendant à sentir le contact froid et déshonorant d'une paire de menottes.

— Merci !... Je te vois tout à l'heure.

J'ai entendu la porte se refermer. Le commissaire est arrivé dans mon dos et a posé deux mains mystérieuses sur mes épaules. Pesantes ses mains. Autant que mon sac de culpabilité. Surtout ne pas craquer. Ne pas se répandre. Ne pas soulager ma conscience. Garder pour moi tous mes moments de souffrances, de bonheurs intenses. Tout ce qui, pour lui comme pour les autres, ne représentait rien. Je devais entretenir mon jardin secret. Le protéger de haies infranchissables ; épineuses. Poster aux endroits stratégiques des plantes carnivores. En faire un labyrinthe sans issue. Et garder pour moi la plus belle des roses ; en souvenir de ma mère.

Que pouvaient-ils comprendre de nous deux ? Eux, les gens de la Terre ou d'ailleurs.

Il fallait que je construise dans mon cerveau un mur d'oubli dont Antoine serait l'artisan maçon. Un mur construit par l'intérieur et qui serait à jamais sa prison. Il aurait beau clamer son innocence, implorer ses Dieux, pleurer toutes les larmes de son corps, il serait et resterait ma chose. Ridicule bestiole que je pourrais broyer quand je le veux. Où je le veux. Oui, Antoine, tu étais « *dans ma main cage aux doigts barreaux* », étourneau sans défense, pris au piège de ma démesure. Englué par ma vengeance aveugle.

J'ai repoussé les mains du commissaire et je me suis levé. J'ai marché sans hésiter vers le magnétophone. J'ai posé un index ferme sur la touche enregistrement.

— Si on en finissait !

Il s'est assis à ma place. J'ai pris la sienne. Guère plus confortable.

— Je t'écoute.

Nous nous sommes jaugés. Il a repris.

— Tu as conscience de la gravité de ton témoignage ?

— Et vous ?... Vous avez conscience de ce que vous me demandez ?

Je l'ai un peu crié. Il a frémi.

— Tu peux y aller !

La dernière phalange de mon doigt s'est retirée du magnétophone et c'est tout mon poing qui s'est abattu dessus, enfonçant la totalité des touches dans un même élan.

— Quoi, je peux y aller ? Ça ne vous suffit pas que je vous dise qu'Antoine Lacaze est l'assassin de ma mère ?

— Non, ça ne me suffit pas. La justice des hommes exige des preuves et jusqu'à présent, elle n'a que des présomptions.

— Mais c'est lui !

J'avais prononcé ces mots la voix pleine de trémolos.

— Je ne demande qu'à te croire.

Lui, son organe était ferme. Un peu détaché.

— Vous savez, j'ai dit en essayant de calmer ma

poitrine qui se soulevait par vagues de respirations, par déferlantes, je n'ai pas de preuve.

— Tu sais, mon grand, la preuve, c'est une idée reçue. Si je te prends le doigt dans le pot de confiture tu pourras toujours me dire que tu en chassais une mouche. Et je n'aurais pas de preuve pour te prouver le contraire. C'est la conviction qui compte. Ton intime conviction. Celle qui te permet de juger par rapport à ton état d'esprit du moment. Et moi, je n'aime pas la confiture !

— Oui, vous préférez les mouches !

— On peut voir ça sous cet angle !

Un nouveau regard. Que j'ai dévié vers le magnétophone qui émettait un grésillement anormal. J'ai repris mon récit. Le commissaire a fermé les yeux pour mieux s'en pénétrer.

Combien de temps j'étais resté dehors ? À errer comme une âme en peine. À sillonner sans relâche les chemins vicinaux. À arpenter les maigres et tristes sous-bois qui bordaient mon village. Je ne le savais pas. Le froid engourdissait mes mains sur lesquelles je soufflais instinctivement pour leur redonner un semblant de couleur. Intérieurement, je ruminais ma colère, ma lâcheté, mon impuissance. Pourquoi la nature ne m'avait pas donné les muscles suffisants qui m'auraient physiquement permis d'affronter l'amant de ma mère ? Pourquoi la rage n'avait-elle pas décuplé mes forces ? Je me sentais ridiculement petit. Il me semblait long le chemin qui mène à l'âge d'homme. Long et parsemé d'embûches que je n'aurais peut-être pas le courage de surmonter. Lointain comme le clocher de mon église que j'apercevais du fin fond de la plaine. Une plaine balayée par des bourrasques. Le vent s'engouffrait dans mes oreilles et les rougissait. Saturé d'air pur, j'ai repris le chemin de la maison, coupant à travers champs. M'enfonçant dans les mottes de terre grasses et compactes. Deux jambes plus lourdes que des boulets que je traînais péniblement dans les profonds sillons des labours. Et enfin la route. Unique. Coupant le village de part en part. Encadrée de maisons borgnes. La sensation d'être épié derrière les rideaux par des vieux douillettement blottis au coin du feu. L'impression de faire partie du spectacle. D'alimenter l'imaginaire de leur journée. « Ce serait-y pas le p'tit Benoît ?... Pas causant, c'gamin-là !... Faut dire qu'avec la mère qu'il a !... Ça, on en a vu défiler des bonshommes durant toutes ces dernières années ! » J'ai redressé un peu la tête, trop fier d'imaginer leurs pensées, et je leur ai tiré la langue. Pas trop longtemps. Elle aussi était gelée. J'ai pressé le pas. Me débarrassant de l'excès de fange qui collait à mes semelles. Plus que quelques centaines de mètres. Au bout de la route, je pouvais déjà apercevoir le portail rouillé de la maison. Je sentais déjà mes pieds se noyer dans l'eau chaude de la baignoire sabot.

À ce moment-là, tout s'est accéléré. J'ai vu la 403 rouge sortir comme une furie de la cour. Une vitesse a craqué. Le moteur s'est emballé. La voiture a bondi vers moi, avalant bruyamment l'asphalte ravagé par les ornières. J'étais au milieu de la route. Je me suis arrêté. La 403 grossissait à vue d'œil. Devenant menaçante. Il ne va pas s'arrêter. Cette pensée m'a traversé l'esprit ; fulgurante. Le temps d'évaluer la distance qui nous séparait et de me jeter. Sur le côté. Dans un étroit fossé. La voiture est passée, chromes étincelants, phares en appels.

Dure a été la chute. Plus rude encore le rétablissement. Alors que je me relevais, épaule meurtrie, j'ai entendu les bandes de gommes hurler, se brûlant au contact de la chaussée rugueuse. Un nouveau craquement. La marche arrière qu'on a enclenchée. Et la 403 est arrivée, paisible, à ma hauteur. Antoine a baissé sa vitre, cachant mal son excitation. Ses yeux formaient deux globes exorbités. Sa bouche s'est agitée convulsivement : « Alors, p'tit con, on s'aère les bronches ? » Je l'ai toisé de tout le mépris dont j'étais capable. Il a repris : « Tu vas voir ta mère, tu ne vas pas la reconnaître ! Je l'ai tellement bien baisée qu'à force de prendre son pied, elle ne savait même plus que c'était ma bite qui la fourrait... Non, sans blague tu ne vas pas la reconnaître ! Enfin je te laisse la surprise. Méconnaissable, j'te dis ! » Il est parti d'un méchant éclat de rire et a remonté sa vitre, me laissant sans voix ; le souffle court au fond de mon fossé. Puis il a à nouveau fait parler les chevaux de son moteur ; arrachant une nouvelle plainte au bitume. La 403 a disparu, happée par la longue bande goudronnée. Antoine n'a même pas pris la peine de s'arrêter au stop.

Je suis sorti du fossé osant à peine regarder la main crochue de la vieille du 17 Grande-Rue repousser son rideau, dans un geste d'impudeur à peine dissimulé.

Courant comme un dératé, j'ai repris le chemin de la maison et me suis engouffré dans le jardin agité de violentes rafales.

La suite, le commissaire la connaissait. Ma mère gisait éventrée sur son lit. J'avais crié. J'avais pleuré. Puis je l'avais appelé.

Il s'est tourné vers moi et a reposé sur le bureau le magnétophone qu'il tentait de réparer. Je me suis levé d'un bond.

— Elle est où, ma mère ?

— Dans le laboratoire du médecin légiste.

— Je veux la voir.

— C'est impossible. L'autopsie n'est pas terminée… Et puis ce n'est pas… Comment dire…

Il n'avait pas besoin de m'en expliquer davantage. Mon imagination faisait le reste. Je la voyais soumise au scalpel du médecin et même pire, à ses plaisanteries. Il devait s'en foutre, lui. Il ne la connaissait pas cette femme. Elle ne devait être qu'un tas de chairs inertes parmi tant d'autres. Sans doute prenait-il un malin plaisir à la réduire en lambeaux. À lui prélever par-ci par-là des petits morceaux de peaux, de muqueuses, d'ovaires ou autres. Il me la mutilait à seule fin d'assouvir son regard microscopique. De trouver des indices lui permettant de déterminer les circonstances exactes de sa mort.

Oui, à l'heure qu'il était, ô ma mère, ton corps n'était plus qu'un immonde cadavre sanguinolent. Pas même digne de figurer sur l'étal d'un boucher ; réduit à un état de totale imperfection.

Je n'ai pas pu m'en empêcher. C'est sorti par flots de bile. Mi-liquide, mi-gazeuse. J'étais plié en deux au-dessus de la moquette crasseuse du commissaire. Et je vomissais ma mère. Il m'a tendu un mouchoir que j'ai repoussé.

— Laissez-moi !

Un dernier hoquet. Un ultime renvoi. La manche de mon pull est passée sur ma bouche, emportant un reste de substance baveuse.

— Ça va aller, fils ?

— Je ne suis pas votre fils.

— Viens, on va prendre l'air.

*

La pluie tombe à gros bouillons. Par bulles qui éclatent, rebondissent sur les carreaux de ma fenêtre. Parfois, au loin, un éclair zèbre le ciel suivi d'un grondement sourd. Je viens d'apprendre qu'on peut mesurer la distance de l'orage. C'est tout simple ; mathématique. Il faut négliger la vitesse de l'éclair et seulement tenir compte du temps que le bruit du tonnerre met à nous parvenir. Après, il ne reste plus qu'à multiplier ces précieuses secondes par quatre cents. On obtient alors un nombre de mètres qu'on peut ensuite traduire en kilomètres. Le mien vient à peine de franchir le village. Il est à deux kilomètres tout au plus. Si seulement tout pouvait se mesurer, comme ça, aussi facilement.

L'éclat de la voix de ma mère vient de me parvenir devançant d'une bonne seconde la lumière de l'entrée qu'elle vient d'allumer. Il y a des orages en avance sur leur temps. Car elle gronde, ma mère. Elle tempête. Sans doute après mon père.

— J'emmène la voiture et mon fils !

— Il n'en est pas question !

Je soupire et regarde une petite rigole de pluie se former sous ma fenêtre. Mon esprit n'arrive pas à se concentrer sur la récitation que je dois apprendre pour demain. À tous les coups, mon professeur va me demander de monter sur l'estrade. Je ferais semblant de me souvenir du poème. Au moins des deux premiers vers. J'aurais peur. Tous mes copains riraient. Trop contents que j'aie été choisi à leur place. Alors je regarderais le professeur et je lui dirais : « Je ne sais pas la suite ! » Et je trouverais une excuse. « C'est à cause de l'orage ! » Car il est bien installé dans la maison, l'orage. Un orage à répétition. Tiens, le voilà même qui arrive dans ma chambre.

— Ne mêle pas le petit à ça !

— Je fais ce je veux... Mais pousse-toi, tu vois bien que tu m'empêches de vivre !

Moi, j'ouvre deux grandes billes. Il y a mon papa. Il y a ma maman. Ils vont encore me prendre à témoin. Ils vont encore me demander de choisir.

— Tu as vu ta mère, cette traînée ! Mais dis-lui que tu préfères rester avec ton père !

— Ne l'écoute pas, mon chéri. Ton père est un sale égoïste qui veut te garder pour lui tout seul.

Lequel est le plus en colère ? Dans ma tête, je me refais un rêve. Celui dont je n'arrive pas à me détacher. Celui que je fais de plus en plus souvent.

Je dors. Ils entrent dans ma chambre en se faisant des politesses.

— Dis-lui, toi !

— Non, tu es son père !

Ils me secouent gentiment. L'un aux pieds. L'autre aux bras.

— C'est l'heure, chéri !

Ils l'ont dit ensemble. Unis de la même volonté de bien faire. J'ouvre un œil plein de sommeil. Oh, papa et maman réunis. Un avant-goût du paradis. Mais à la maison, c'est toujours comme ça. C'est toujours le paradis. Alors je me rendors. Ou plutôt je referme cet œil trop plein de bonheur. Mais voilà qu'ils me secouent à nouveau.

— Mon chéri, on a une grande nouvelle à t'annoncer…

Je n'ose pas y croire. Lequel des deux va prendre en charge le dur programme du week-end. Je me réveille et je me force à sourire. Oui, ils sont bien là, en pleine forme. Leur gaieté éclabousse ma chambre. Pourquoi ils sont comme ça ? Mon carnet de notes ? Ce n'est pas possible. Soudain, j'ai un flash. Ils viennent m'annoncer qu'ils m'ont fait un petit frère. Ou une petite sœur. Enfin peu importe. Un truc qui fait du bruit ; qui me laissera moins seul. Un truc que tous mes copains ont. Un truc sur lequel on peut taper quand on est énervé. Un truc qui te bouffe ta part de gâteau. Un truc qui vient mettre la zone dans ta chambre. Mais un truc vachement sympa. Un truc qui vit les mêmes choses que toi.

Ils sourient toujours. C'est gagné.

— Benoît, tu nous entends ?

— Oui !

— Ton père et moi, on a pris une grande décision.

Moi, je bave de joie.

— Oui, dit mon père, c'est une bonne nouvelle.

Alors je vois leurs mains se chercher, se trouver, s'unir. Elles se balancent au-dessus de mon oreiller. Les alliances brillent.

— On va divorcer !

Mon rêve finit toujours comme ça. Je me retrouve assis au milieu de mon lit. Ma chambre est vide. Juste emplie de mes appréhensions.

Là, assis, je le suis. Eux ne se tiennent pas la main et leurs sourires sont crispés. Je suis le plus lourd fardeau qu'ils aient eu à porter. Celui qui a ruiné leur jeunesse. De temps en temps, ils le disent. Ça leur échappe. Pour le moment, ils sont concentrés sur leur dispute. Préoccupés à se dire et se redire les mêmes insultes. Bien entendu, je suis au centre du débat. Je crois comprendre que ma mère veut m'emmener pour me présenter à un de ses amis. Mais mon père n'est pas d'accord. Apparemment cet ami n'est pas le sien. Alors que pour ma mère, il est peut-être même plus que ça. C'est ce que je crois comprendre à travers les paroles de mon père.

— Que tu te fasses sauter, c'est ton problème. Mais je ne veux pas que tu mêles Benoît à ça !

Ma mère s'apprête à répondre mais le téléphone sonne. Mon père part décrocher en fulminant et en répétant ce qu'il vient de dire. Ma mère en profite et s'approche de moi.

— Viens mon chéri on va se promener, elle me dit d'une voix douce.

— Où on va ?

— Tu verras !

Je referme mon livre de récitations et je le prends avec moi. Si je m'ennuie, je pourrais toujours apprendre mon poème. J'attrape mon blouson et je suis ma mère dans l'entrée. Dehors, il pleut toujours des cordes. Je cours jusqu'à la voiture et je m'y engouffre. Ma mère est déjà au volant. Elle démarre le moteur et enclenche une vitesse. La voiture s'élance. Au même moment je vois mon père qui sort comme un diable de la maison. Il tente de nous rattraper en courant mais ma mère accélère. Mon père devient un petit point qui disparaît à l'horizon. Je me retourne une dernière fois. Il n'y a plus que la route lessivée par la pluie. Dans la voiture, on ne voit presque rien. Il y a de la buée. À l'extérieur, les essuie-glaces ont du mal à balayer toute l'eau qui s'abat sur le pare-brise. Ma mère conduit le nez collé sur son volant. Je ne sais pas comment elle fait pour voir la route. Peut-être qu'elle la connaît par cœur.

— C'est qui ton ami ?

— C'est un monsieur très gentil. Tu vas bien t'entendre avec lui.

Cet ami, en fait, je ne le verrai jamais. À cause d'un camion. Il surgit au détour d'un virage. La lumière de ses phares perfore le mur de pluie. Nous allons nous croiser quand il y a un terrible bruit ; un énorme « bang ». Je ferme les yeux. Je suis sûr que la voiture vient d'exploser. Qu'elle s'éparpille en miettes de ferraille. Une averse de bouts de voiture va retomber de tous les côtés. L'écho du grand bruit résonne dans ma tête. Je sens que la voiture est arrêtée. De grosses gouttes d'eau viennent cogner contre mon visage. Elles épousent la forme de mes joues et vont mourir le long de mon cou. Je rouvre les yeux. La voiture est intacte. Ou presque. Le pare-brise a volé en éclats. Des centaines de petits morceaux de verre carrés jonchent mes genoux et brillent sur mon siège. Les essuie-glaces continuent leurs mouvements mais ils ne brassent plus que l'air. Ma mère est toujours à côté de moi, toute pâle, les mains plantées dans le volant.

— Ça va, mon chéri ?

— Oui.

Ma mère enlève l'eau qui inonde son beau visage. Je n'arrive pas à voir si c'est seulement la pluie ou si il y a aussi des larmes. Puis elle redémarre. On fait demi-tour et on reprend le chemin de la maison.

Quand mon père va nous voir il va encore y avoir du verre brisé.

Demain, j'aurai zéro en récitation.

*

On a marché un long moment avec le commissaire. Sans parler. Moi, je regardais le bout de mes chaussures se poser l'un après l'autre. Je n'avais qu'une chose à faire, éviter les crottes de chiens. L'air frais m'avait un peu requinqué et avait rosi mes joues. Nous sommes arrivés près de la voiture du commissaire.

— On a fini pour aujourd'hui. Je te ramène chez ton père.

— Non, je préfère rentrer chez ma mère !

Il m'a regardé ; surpris.

— Mais tu vas être seul, là-bas !

J'ai senti que je devais lui mentir. Sinon il ne m'emmènerait pas. Il ne voudrait pas que je reste dans cette maison, théâtre de mon terrible drame.

— Je voudrais récupérer quelques affaires. Après j'irai voir des amis et je téléphonerai à mon père pour qu'il vienne me chercher.

Il n'a pas insisté. Nous sommes montés dans sa voiture qui a filé en direction de mes souvenirs.

*

Seul. J'étais enfin seul. J'avais décliné l'offre du commissaire qui se proposait de m'attendre. Il avait hoché la tête puis il avait regagné sa vie privée – la seule chose que je lui enviais – en me disant à bientôt. Je l'avais regardé s'éloigner puis j'avais respiré un grand coup et j'étais entré dans la maison. Il y régnait une atmosphère de calme auquel j'étais peu habitué. Les murs, les meubles, les objets, semblaient plongés dans une léthargie que je ne connaissais pas. Eux, au moins, étaient immuables ; hors du temps. Je n'ai rien voulu déranger. Rien bouger. Je ne voulais pas qu'il y ait d'après. Tout devait rester dans l'ordre qu'avait choisi ma mère. Tout sauf le téléphone. Je savais qu'il ne manquerait pas de sonner. Alors je l'avais débranché. Personne de devait pouvoir s'immiscer dans ces instants ; sacrés pour moi. Je ne l'aurais pas supporté.

La nuit venait de tomber. J'ai allumé deux bougies avec lesquelles j'ai gagné la chambre de ma mère. Sur le lit, il n'y avait plus de sang. Toutes les traces de violences, d'amours et de haines avaient disparu. À la place, il y avait un drap blanc, impeccablement tendu. J'espérais que ma mère se glisse dessous et lui donne une forme fantomatique. Tous les deux, nous aurions hanté la maison. Je l'aurais aidée à tenir son boulet. Il aurait été si lourd. Puis on se serait parlé. On se serait dit pourquoi on en était arrivé là. Pourquoi je lui avais ôté cette chose si précieuse qu'elle m'avait donnée.

La cire a coulé le long de mes mains bougeoirs et s'est figée par vagues successives. Au-dessus de mes poings, deux petites lumières brillaient sous le firmament de la chambre. Elles avaient l'éclat un peu doré des yeux de ma mère. C'était le signe qu'elle serait toujours près de moi ; cachée quelque part dans un recoin de ma mémoire.

Oui, quelque part.

Et je restai là, immobile, à attendre que mes bougies se consument. Une délicieuse attente qu'aucune larme ne venait troubler. Qu'aucun sanglot ne venait déranger. J'éprouvais même un certain bonheur. Oh, pas celui d'avoir commis l'irréparable. Mais un bonheur tout de même. Teinté d'incertitudes. Mon avenir allait prendre une autre allure. Je laisserai mes pulsions le guider, l'emmener où bon lui semble.

Mais moi, mère, je ne te trahirai plus.

*

Comme tous les samedis ou presque depuis que mes parents ont divorcé, mon père vient me chercher. Il entre dans la maison qui sent bon le poulet que ma mère a mis à cuire. Il m'embrasse et me tend un petit paquet qu'il avait caché derrière son dos. Je m'en empare, avide. Je caresse le papier cadeau brillant puis je coince mon présent sous mon bras. Je suis sûr que c'est un livre.

— Tu ne l'ouvres pas ?

— Non, je préfère attendre.

— Comme tu veux. Tu verras, c'est très bien. C'est une partie de ma jeunesse. Enfin je veux dire que c'est un livre qui a illuminé une partie de mon enfance.

Ma mère arrive à son tour. Je sens bien qu'elle fait tout pour paraître détendue.

— Bonjour, tu veux rester déjeuner ici ?

Mon père hésite un instant puis accepte, pensant sans doute que cela va me faire plaisir et que cela fait partie de la réussite d'un divorce.

— Alors en piste, c'est prêt.

Nous voilà réunis. Tous les trois autour de la table ronde. Chacun est encadré par les deux autres. Si on tend les bras et si on se donne la main, on va former un triangle familial qui va percer l'arrondi de la table. Mais pour l'heure, l'ambiance est un peu tendue. Je m'affaire à rogner ma cuisse de poulet. Mes parents se forcent au calme et se servent des grands verres de vin pour se donner le courage de se forcer.

— Tu as bien arrangé la maison depuis que... Depuis que nous ne vivons plus ensemble.

— Tu le penses vraiment ?

— Oui, oui, c'est sincère.

— Eh bien tant mieux... Et j'ai eu du mérite parce que ce n'est pas avec ce que tu m'as laissé...

Ça y est, le débat est lancé. Ça part d'un petit compliment et ça dérape. On s'achemine lentement vers une reprise des hostilités.

Toutes les rancœurs, patiemment accumulées, vont resurgir d'un instant à l'autre. Tout pour le partage. L'argent, les meubles, la maison, l'enfant. L'enfant, lui, a le choix. Il a le privilège de dire si il préfère son papa ou sa maman. « Hein, chéri !... Avec qui tu préfères vivre ? » Moi, j'ai réfusé de répondre. J'ai préféré laisser le juge choisir à ma place. Peut-être a-t-il décidé de mon sort en jouant à pile ou face ? Et pourquoi pas à la roulette russe ? Le premier qui meurt perd tout. L'autre garde tout. La chère tête blonde est en prime. Elle est l'ultime récompense.

Le temps de penser ça, le ton a monté. Rien de nouveau du côté des insultes. Ce sont les mêmes qu'avant leur séparation. Je n'ai plus envie de les entendre davantage. Il faut bien que le divorce m'apporte quelques bénéfices. En silence, je quitte la table sur un : « Tu peux te vanter de me l'avoir mis bien profond ! » Je récupère mon livre toujours soigneusement emballé et je sors dans le jardin. Trop occupés, ils ne font pas un geste pour me retenir. Je referme la porte sur leurs déchirements. J'espère un instant qu'ils vont s'entre-tuer. Qu'ils vont régler une bonne fois pour toute leurs différends. Mais pour cela, sans doute faudrait-il qu'ils aient plus de haine.

Je traverse le jardin en courant et je viens me blottir derrière la haie. À l'abri du vent et de leurs regards. J'arrache à grands coups d'ongles le papier qui emprisonne mon livre. Ils sont trop courts. J'y mets les dents. Enfin il m'apparaît. Il brille entre mes mains fébriles. Je déchiffre rapidement les mots inscrits sur la couverture : Charles Baudelaire. Les Fleurs du Mal. *Je reste un long moment en contemplation devant ce titre que je ne comprends pas bien. Autour de moi, je ne vois que d'inoffensives pâquerettes. Mes fesses sont certainement posées sur l'une d'elle. Elles l'écrasent de tout leur poids. Peu m'importe, après tout. J'ai encore beaucoup de choses à apprendre et la réponse est peut-être dans le livre, perdue dans ces pages que je m'apprête à tourner. Que je tourne maintenant en sautant volontairement l'ennuyeuse préface.*

C'est le Diable qui tient les fils qui nous remuent !
Aux objets répugnants, nous trouvons des appas ;
Chaque jour vers l'Enfer nous descendons d'un pas,
Sans horreur, à travers des ténèbres qui puent.

Je le dévore, mon bouquin. Et lui me parle. Il me joue une petite musique intérieure. Qui me réchauffe. Qui me transporte presque au point d'oublier que, dans la cuisine, père et mère se battent toujours pour savoir qui va payer la plus lourde addition. À mon avis, ils n'ont pas pris de dessert. Je lis encore quelques pages. Mes paupières sont de plus en plus lourdes. Je m'endors ; le livre ouvert sur mon visage. Un toit qui me protège.

C'est un bourdonnement qui me réveille. Un insecte. Une abeille. Mon livre a glissé sur le côté. Elle s'est posée dessus. Va, jeune fille, butine mes « Fleurs du Mal ». Il m'en restera bien assez.

Ma jeune voleuse ne doit pas les apprécier et décolle dédaigneuse. J'ai un peu froid. Je ramasse mon livre et je rentre à la maison.

La cuisine est déserte. La table n'est pas débarrassée. Par terre, il y a du verre cassé. Je passe la cuisine et je m'enfonce plus profondément dans la maison. Étrangement silencieuse. La porte de la chambre de ma mère est fermée. Je m'en approche. Je m'attends à entendre sortir des éclats de voix ; des morceaux de colère.

Rien de tout ça. À la place, le grincement répétitif de son lit torturé. Moins que moi. Et des gémissements. C'est du plaisir que j'entends. Elle a des bouts de bonheur dans la gorge, ma mère. Ça suinte de partout. Elle semble tellement heureuse que c'en est indécent. Et mon père, la respiration hachée, bruyante, saccadée, lui répond. Il fait écho à sa tranche de joie. C'est un sandwich jambon-beurre-amour. Et moi, en prime, dans le rôle du cornichon. Moi qui ai eu la faiblesse de penser qu'ils ne se détestaient pas assez pour se détruire mutuellement. J'ai envie de crier : « Arrêtez, vous avez divorcé !... On n'a pas le droit de faire ça quand on est séparé ! » Mais ça ne passe pas. Tout mon désarroi est bloqué dans le creux de mon estomac. J'ai les tripes qui se tordent. Qui font des nœuds vraiment pas coulants. Une bave coléreuse me monte à la bouche et éclate en bulles rageuses.

Ça ne les trouble pas pour autant. Mon père accélère sa cadence. Il ne respire plus, il vrombit. Il semble arriver à l'apothéose d'une chose que je ne connais pas encore. Il pousse un grand « Ahhhh ! » qui vient s'unir au « Hiiii ! » plus strident de ma mère. Ah et hi, pour moi ça fait aïe. Ça flotte un long moment, porté par l'air qui pue la sueur. Puis ça retombe en grosses flaques de dégoût.

Je cours m'enfermer dans ma chambre. À cet instant, je crois savoir un peu mieux ce que cela veut dire : « Les Fleurs du Mal ».

*

Le noir, le froid, l'effroi. Ce cocktail de sensations m'a sorti de la torpeur dans laquelle je m'étais enfoncé. J'avais blotti ma carcasse à l'emplacement du corps de ma mère. J'avais chiffonné le drap trop lisse. J'avais tenté de respirer son odeur qui, déjà, n'était plus sienne. Qui s'était évanouie avec elle, ne me laissant qu'un arrière-goût de charogne. Mes bonheurs avaient disparu. Ils faisaient place à un appétit boulimique, une soif incontrôlable.

Je suis allé dans la cuisine engloutir quelques rogatons et boire les derniers verres d'une bouteille qu'elle avait laissée ; vin aigre de mes tourments. Et je me suis endormi, à même la table. La gazinière tous feux allumés en guise de source de chaleur. Il en fallait plus pour me réchauffer.

*

Le commissaire m'a trouvé dans cette même position ; le lendemain matin. Je ne l'ai pas entendu entrer.

— Je t'ai cherché partout, il m'a dit avec une pointe de reproche dans la voix.

J'étais pâteux, courbaturé, ankylosé.

— Enfin, partout, c'est un bien grand mot. Je suis juste passé chez ton père.

— Ah…

— Il n'avait pas l'air de s'inquiéter, d'ailleurs.

Pas envie de m'étendre. De polémiquer à seule fin de savoir si, oui ou non, mon père s'intéressait à moi. Si je comptais un peu dans son existence retranchée derrière un faciès bourru ; pas vraiment convivial.

— Vous voulez un café ?

— Volontiers.

Il s'est assis d'autorité. J'ai préparé deux grands bols d'un jus plus serré qu'une cravate sur un cou de croque-mort. Nous l'avons avalé en silence et en grimaçant.

Effet garanti et immédiat. J'ai dû courir aux toilettes où je me suis enfermé un long moment.

J'ai retrouvé mon commissaire en train de fouiner dans la pièce. Il détaillait les objets avec curiosité.

— Quelles sont les nouvelles ?

— Je suis flic, pas journaliste !

Il a immédiatement senti que sa réflexion était mal venue. Il s'est tout de suite repris. Il m'a bafouillé quelques excuses. Il avait le sommeil fragile ces derniers temps et flic n'était pas vraiment un métier fait pour l'aider à le retrouver.

— Tu vois, Benoît, à force de côtoyer la douleur, la misère, la peine, je me demande parfois si j'ai encore un cœur.

— Vous êtes vraiment payé pour en avoir ?

— Non, sans doute pas !... Je suis un marchand de malheur. Les enquêtes que je mène valent dix ans, vingt ans, parfois perpète...

— Ça vous arrive d'avoir à faire à des assassins sympathiques ?

J'ai immédiatement regretté d'avoir posé cette question. Lui aussi a été surpris. La nostalgie qu'il pouvait éprouver s'est trouvée cassée nette.

« Marchand de malheur »... Mais aussi pourquoi ce con jouait-il au flic poète ? Sans doute le seul à cent kilomètres à la ronde. Une fraction d'instant, j'ai pensé qu'il allait me sortir sa carte, son flingue et son baratin : « Commissaire Verlaine, dit le Maudit, ne bougez plus, vous êtes en état d'arrestation pour excès de "Sagesse Amour Bonheur"!... Tout ce que pourrez dire sera retenu contre vous... »

— Pourquoi tu me poses cette question ?

— Parce que je veux être journaliste... Pas flic !

Il a hoché la tête, considérant peut-être que c'était la meilleure réponse que je pouvais lui apporter.

— Les assassins sont tous... Comment dire... Enfin ils ne sont pas antipathiques. Du moins ceux qui tuent par amour.

— Ah oui... Et le requin qui a bouffé votre mère... Vous lui avez donné le premier prix de camaraderie ?

J'avais la voix tremblante de rage. Antoine Lacaze n'avait pas tué ma mère mais j'avais le sentiment qu'il aurait pu le faire. Dans un mouvement de haine impulsive. Je l'avais vu un jour s'acharner à coups de talons sur une portée de chatons ; ceux de sa chatte. Je l'avais laissé faire. J'étais sorti vomir mon manque de courage.

— Alors, cette enquête ?

Il n'était pas pressé de me répondre, mon commissaire. Son attitude ne trahissait nulle hâte, aucune urgence. Il faisait son métier tranquillement, au rythme de ses trente-neuf heures réglementaires.

— Vous savez, j'ai dit pour qu'il s'active, je peux tout entendre, même les conclusions de l'autopsie. C'est inutile de me mettre un carré blanc.

Ma naïveté l'a amusé. Il m'a expliqué qu'on était en province et que, dans le meilleur des cas, il n'aurait pas les résultats avant une semaine. Et encore, après, il y aurait sans doute une contre-expertise.

Une semaine ! Quand je la verrais pour la dernière fois, elle serait en état de décomposition. Elle enfanterait des milliers de vers grouillants. D'immondes asticots n'ayant aucune reconnaissance du ventre. Des spermatozoïdes géants qui n'auraient pas besoin d'ovules pour se sentir pousser des ailes ; pour être indépendants avant l'heure. Ils ne laisseraient de ma mère qu'un champ de ruines consommé et n'auraient aucune pitié pour ses hanches ; mon berceau.

— Tu es avec moi, Benoît ?

— Oui, oui...

Le commissaire a poursuivi. Il avait quand même eu connaissance des premières conclusions de l'enquête. D'abord les empreintes. Celles d'Antoine. Ils en avaient trouvé un peu partout dans la chambre. Pas sur l'arme du crime mais il était normal qu'il ait pris la précaution de les effacer. Ensuite, il y avait d'autres indices. Comme les mégots. C'est fou ce que ça peut parler un cendrier. Tous ces détails réunis faisaient que les policiers en avaient assez pour mettre Antoine Lacaze à l'ombre et l'y laisser au moins tout le temps de l'instruction. Lui, persistait à clamer son innocence et à répéter sa version des faits. Il était venu voir ma mère. Ils s'étaient un peu disputés. Puis ils avaient fait l'amour et il était reparti. Sur la route il m'avait croisé et il avait voulu me faire peur. En fait, sa version était similaire à la mienne. À une exception près ; il disait qu'il ne l'avait pas tuée.

— Et à part ça ?

— Ça ne te suffit pas ?

Non, il m'en fallait plus. Je voulais connaître tous

les détails. Non pas pour savoir si j'avais accompli le « crime parfait », mais pour aller au bout de l'horreur. Je devais souffrir, sentir en moi un déchirement incessant. Une torture de l'âme. C'était le seul moyen de prouver à ma mère le bien-fondé de mon geste. Celui qui, je l'espérais, l'avait au moins délivrée. Elle.

Le commissaire n'a rien dit de plus.

Je me suis précipité en courant dans la chambre de ma mère. J'ai ouvert en grand son armoire et j'ai tout déballé. Soudain, elle m'est apparue. À la fois fraîche et discrète. Gaie et colorée. Légère et fleurie. Féminine et rustique. Une robe de printemps qui épanouit les jeunes filles dès que les beaux jours reviennent. Je l'ai froissée contre mon nez. Je l'ai goûtée du bout de la langue. Je l'ai mouillée d'une de mes larmes. Je l'ai tendue au commissaire qui était arrivé dans mon dos.

— Vous pourrez la donner au médecin. J'aimerais qu'elle soit habillée comme ça pour être enterrée.

Le commissaire s'en est emparé. J'ai profité d'avoir les mains libres pour ouvrir la commode à soutiens-gorge et à petites culottes. Un ensemble en soie blanc est venu rejoindre la robe sur les bras du représentant de la loi. Puis je me suis rué sur le placard à chaussures. Le choix était difficile ; j'ai longuement hésité.

— Les chaussures... C'est possible, hein, de lui mettre des chaussures ? Lesquelles vous préférez, vous ? j'ai ajouté sans même attendre sa réponse.

— Si c'était ma mère, je prendrais celles-là.

Il me désignait une paire d'escarpins sombres ; tristounets. Il m'a déçu. Moi, je refusais de voir la mort en noir. Je voulais qu'entre les quatre murs de chêne, il y ait la fête des couleurs. Et à l'extérieur aussi. Il y aurait des roses rouges, jaunes, roses. Je demanderais aux croque-morts de s'habiller carnaval. Avec des costumes d'Arlequin. Une bande de jeunes viendrait tagger leur corbillard. On mettrait de la musique joyeuse, entraînante. On pleurerait jusqu'au rire. Je pisserais sur les chrysanthèmes tout comme sur les plaques commémoratives que les cons auraient amenées. La tombe de ma mère serait une plaque de marbre blanc. Et juste une fleur pour l'égayer.

Je me suis emparé d'une paire de chaussures tressées de bandes de cuir multicolore. Elles lui faisaient le pied fin et délicat.

— Ce sera celles-là, j'ai dit en les extirpant du placard et en complétant la panoplie du commissaire. Vous voulez un sac ?

Il avait l'air emprunté avec les affaires de ma mère sur les bras. C'était à croire qu'il n'avait jamais tenu d'affaires de femmes. Ou alors il était superstitieux et répugnait à toucher les vêtements d'une morte.

— Oui, je veux bien. Et il a ajouté : elle est très belle la robe de ta mère !

*

— Pourquoi j'ai eu un garçon ? J'aurais voulu une fille. C'est doux les filles.

Je regarde ma mère, allongée sur une chaise longue du jardin.

Elle entre une nouvelle pellicule dans son appareil photo. La lumière joue dans ses cheveux et lui donne de beaux reflets roux. Elle soupire.

— Enfin... J'espère que tu ne deviendras jamais comme ton père !

Ça ne risque pas. Pas aujourd'hui en tout cas. D'abord, tout le monde dit que je ressemble à ma mère. Surtout les yeux. Mais aussi la forme du visage. Avec des traits fins. À onze ans, c'est normal. La vie ne me les a pas encore trop torturés.

— Quand je pense que quand j'étais enceinte de toi, je priais tous les jours pour que tu n'aies pas son nez ! C'est réussi ! Merci mon Dieu !

Elle s'arrête et vérifie que la pellicule est bien positionnée dans l'appareil. Elle me fixe à travers l'objectif.

— En tout cas, j'espère que tu auras un plus gros zizi que lui. C'est bien simple, quand j'étais avec lui, je faisais toujours semblant de jouir !... Ça, on peut dire qu'il ne m'a jamais fait prendre mon pied !... Mais je ne voulais pas lui faire de peine, le pauvre vieux. Alors je simulais !... Tiens, si je devais le résumer, je dirais qu'il baisait comme un lapin !

Elle s'arrête quelques instants pour mieux me détailler à travers son viseur. Elle repose l'appareil. Un peu énervée. Moi, je reste docile, planté au milieu du jardin sous un écrasant soleil d'été. Je suis pressé que la séance de photos se termine.

— Ça ne va pas. Tu lui ressembles trop !

Ma mère reste un instant songeuse. Soudain son visage s'illumine.

— Attends, on va essayer autre chose !

Sans plus attendre, ma mère enlève sa robe. Elle m'apparaît nue et bronzée.

— Viens, je vais te mettre ça !

J'approche. Elle m'enfile le vêtement. Une robe d'été légère et tellement fleurie que quand elle la met tous les hommes se retournent sur son passage. Elle se recule pour mieux juger de la transformation.

— Ce n'est pas suffisant, il manque quelque chose, elle me dit en s'engouffrant dans la maison.

Je me regarde et je me dis qu'heureusement je n'ai pas de copains. Ou juste un seul. Très loin. En vacances. Mais ma mère revient déjà. Elle tient un de ses chapeaux, une brosse à cheveux et une petite trousse de maquillage.

— Là !... Tu vas enfin ressembler à quelque chose, elle me dit en commençant à me brosser furieusement les cheveux.

Puis elle entreprend de me maquiller les yeux et de me farder les joues. C'est long. J'en ai marre.

— Évidemment pour le nez, je ne peux pas faire grand-chose. Tu ne veux pas que je te le fasse opérer ?... Regarde, il est tordu comme celui de ton père ! Remarque, ton père, il n'a pas que le nez... Il a l'esprit aussi ! Et ça, pour le changer, ça risque de prendre un moment.

Ma mère estompe un dernier trait de maquillage avec son doigt.

— Allez, on regarde ce que ça donne avec le chapeau...

Et me voilà transformé en poupée Barbie. Le rouge

de la honte me monte aux joues mais elle m'a tellement peinturluré qu'elle ne peut pas le voir. Elle, elle s'extasie sur le changement.

— Ah !... Tu es bien mieux comme ça !

Elle récupère son appareil qu'elle passe en bandoulière autour de son cou. Elle est juste vêtue de sa paire de lunettes de soleil et de quelques bijoux qui brillent à la lumière. Elle m'emmène dans un coin du jardin où, paraît-il, la lumière est plus douce.

— Allez, vas-y, prends des poses, elle dit en me coinçant une cigarette non allumée dans la bouche.

Avec le rouge à lèvres, ça donne un goût bizarre qui me donne envie de cracher par terre.

— Allez, souris... Tu en fais une tête !

J'ai beau essayer, me forcer, je n'y arrive pas. Je sens bien que je n'arrive à faire que des grimaces. Ce n'est pas à cause de ce qu'elle peut dire sur mon père. Aujourd'hui, elle est plutôt gentille avec lui. Non, je crois que ce qui me rend triste, c'est que je ne la comprends plus. Parfois, elle devient comme une étrangère. Alors, d'un grand geste de la main, j'enlève la cigarette. Le rouge à lèvres s'étale sur mon menton. Surprise, elle arrête de me photographier.

— Remarque, tu n'es pas mal comme ça. Avec vingt ans de plus, on pourrait croire à une vieille pute qui rentre du Bois.

Mais je n'ai plus envie de jouer à la poupée. Je fais voler le chapeau et je quitte la robe.

— Tu n'es vraiment pas sympa... Pour une fois que je te demande quelque chose.

Alors, je me surprends à lui répondre. Avant, je ne m'en serais pas senti capable.

— C'est toi la pute. Tu n'as même pas vu que le voisin regarde ton cul depuis dix minutes.

J'ai à peine fini ma phrase que je me dis que je me trompe. Elle l'a vu le gros porc caché derrière sa haie. Et elle fait juste ça pour embêter sa femme qui est moins jolie qu'elle. De toute façon, le résultat est là. Ma mère se met à pleurer. Je ne peux pas le supporter. Je m'enfuis à l'ombre de la maison. Je me demande si un poème, un seul, pourrait me faire sourire.

En attendant, j'espère que le Rimmel n'a pas coulé sur mes joues. Les clowns, c'est vraiment trop triste.

*

Avec le commissaire, nous sommes sortis de la chambre en soufflant de l'air brumeux. Ces derniers jours, la température avait encore baissé d'un cran. L'eau n'allait pas tarder à geler. Elle ferait péter les canalisations. Tout comme ma mère, la maison allait entrer dans une phase d'hibernation prolongée. Une froide poussière recouvrirait tout.

— Vous pensez quoi de tout ça ? Vous qui…

Je me suis arrêté. Le commissaire avait coincé le sac d'affaires sous son bras et tapait dans ses mains pour les réchauffer.

— Vas-y, précise ta pensée.

— Non, laissez tomber, j'ai répondu conscient de ne pouvoir débiter que des fadaises. Ça n'a pas d'importance.

Et c'est vrai, cela n'en avait pas. Que pouvais-je bien lui demander ? Si je faisais un innocent acceptable ? Si j'étais suffisamment digne dans mon chagrin ?

Soudain, j'avais envie de le voir disparaître, le commissaire. Il restait malgré tout mon pire ennemi. Il suffisait d'un rien pour qu'il me fasse tomber encore un peu plus bas. Au fond du gouffre de la justice. Avec une étiquette d'assassin. Mon nom s'étalerait en larges lettres sur un grossier dossier, où seule la face cachée de la vérité pourrait apparaître. Aux yeux de tous, je deviendrais l'enfant traître. L'infâme rejeton.

— Viens, maintenant... Tu ne peux pas rester là... Il faut que je t'emmène chez ton père.

— C'est lui qui vous envoie ?

— Non, c'est juste mon côté civique !

Je suis allé dans ma chambre rassembler quelques affaires. Des slips et des livres. Le commissaire se tenait dans l'encadrement de la porte.

— Tu... Tu n'as pas l'air de l'aimer beaucoup, ton père !

J'ai haussé les épaules.

— Moins que ma mère, en tout cas !

*

La grisaille, la pluie, l'ennui et le triste retour des jours qui raccourcissent s'abattent sur la maison. La rentrée vient juste de passer par là. C'est parti pour une longue année de première avec au bout le Bac de français. Ça ne m'affole pas trop. Le prof a voulu commencer en douceur. Il nous a donné un commentaire de texte. Du gâteau. Du Verlaine.

Et j'ai revu l'enfant unique : il m'a semblé
Que s'ouvrait dans mon cœur la dernière blessure,
Celle dont la douleur plus exquise m'assure
D'une mort désirable en un jour consolé.

J'en passe.

Et c'est parti pour la thèse, antithèse, synthèse. Mon crayon à papier court sur le poème. Il s'incruste entre les rimes à grands renforts de flèches et de symboles illisibles. Pauvre Lélian. Je torture ses vers pour essayer de leur donner un sens. L'a-t-il vraiment souhaité ?

La porte de ma chambre s'ouvre sur ma mère, une bouteille et un verre à la main. Je la vois s'avancer vers moi. Sa démarche est saccadée. Ses yeux sont creusés de méchants cernes. Je la sens prête à fondre en larmes. À la moindre contrariété. Elle pose sa bouteille et s'assoit à côté de moi. Elle reste un moment silencieuse. Pour moi, il n'y a rien de pire. Elle boit une partie du contenu de son verre et, d'un geste maladroit, renverse le reste sur mon Verlaine. Le livre absorbe le liquide vermillon et prend une teinte violacée.

— Tu fais chier !

Mais elle est ailleurs, ma mère. Trop occupée à ressasser son mal de vivre et ses tourments existentiels. Son regard est fixé sur mon livre comme s'il était une éponge.

— Pourquoi je me fais toujours plaquer par mes mecs ?... Tu dois le savoir, toi... Toi qui es un mec.

Si seulement je pouvais lui dire la vérité. Lui dire que si ils finissent par se barrer c'est parce que c'est une chieuse, une obsessionnelle. Lui dire qu'elle leur demande trop. D'affection ou d'amour. Lui dire qu'elle les pourrit. Qu'elle les étouffe. Que c'est une sorte de femme serpent qui aurait perdu son pouvoir hypnotique. Sa capacité à fixer le désir.

Alors je me contente de lui mentir.

— Parce qu'ils ne te méritent pas, je dis en remettant le verre d'aplomb.

Je comprends qu'elle ne se contentera pas d'une explication aussi simple. Je repousse mon commentaire composé et je me sers une rasade de vin que je bois d'un trait.

— J'ai pourtant été gentille avec eux !... Ils n'avaient pas à se plaindre.

Je n'ai pas le temps de lui répondre qu'elle se met à sangloter. Impuissante, sa bouche se déforme d'un vilain rictus. Des cascades de larmes roulent sur son visage défait. Bordel, ce que c'est moche une mère qui pleure. Pour l'heure, la mienne c'est une cinquantaine de kilos de laideur.

Alors je reprends un verre de vin pour essayer de la trouver plus belle. Puis un deuxième. Puis un troisième. Encore et encore. Jusqu'au point de ne plus savoir compter.

Bientôt, elle est au fond de sa tristesse et moi au bout de la bouteille. La tête me tourne. Une douce euphorie commence à m'envahir. Sans la moindre honte d'être à des kilomètres de son amertume.

— Tu devrais aller te coucher, maintenant !

— Non, c'est pire... Quand je vois ce lit... Vide et froid je... Je vais encore plus mal.

Moi, c'est manège dans ma tête. Bienvenue dans le monde imbécile de Pollux et de tous ses amis. Avec Zébulon, le crétin monté sur ressort, qui m'empêche de voir plus loin que le bout de mon nez. Des bouteilles, j'en vois deux. Mais ma mère reste unique.

— Je t'en supplie, mon chéri, ne me laisse pas seule ce soir !

— Mais je suis là, je lui réponds sans trop comprendre. Moi, le fils héroïque. La solution de tous ses problèmes.

— Viens dormir avec moi... Sinon, je vais faire des bêtises.

— Oh non, tu ne vas pas recommencer...

— Tu peux bien essayer de me faire plaisir pour une fois !

— C'est vraiment important ?

— Oui !

Alors je hoche la tête pour lui donner mon accord. Je suis trahi par l'alcool. Et personne pour m'aider à revenir sur ma décision.

Je ne sais pas trop ce qui se passe ensuite, mais je me retrouve allongé à côté de ma mère. Dans son lit. Je tente de mettre entre nous une barrière de draps. Une frontière cotonneuse. Dérisoire. Elle ne l'empêche pas de venir chercher un peu de ma chaleur. Ses pieds glacés se collent contre mes jambes repliées. Je tente avec mon corps de former une boule compacte. Je voudrais être un hérisson. Pouvoir lui opposer un rempart de piquants. Avoir la peau-ortie ou le poil épineux.

Au lieu de ça, me voilà transformé en bouillotte d'occasion. Mes pores diffusent du trente-sept degrés, peut-être même plus avec la fièvre que je sens monter. Ma mère y prend goût et colle son ventre contre mon slip. Moi, au bord du lit, je suis coincé. Condamné à sentir son souffle aviné s'empêtrer dans mes cheveux.

— On est bien, non ?

Impossible de lui répondre. L'alcool ne me grise plus du tout, il m'achève. Je tente de mettre de l'ordre dans mes pensées pour former une phrase cohérente. Mais c'est la Roue de l'Infortune avec banqueroute sur toutes les cases. Je n'ai pas envie de jouer. Et surtout pas à la maman et au fiston. Une seule chose me préoccupe : ne pas vomir. Ne pas me répandre. Garder un minimum de dignité dans la cuite.

Je ravale un hoquet et je change de position, les deux bras sous la tête pour mieux voir le ciel du lit. Pour mieux compter les étoiles filantes et attendre que cesse enfin le grand tournis en maudissant le big-bang et son orchestre. Ma mère, reine des sangsues, en profite pour se coller davantage. Elle me ronronne des mots dont je suis incapable de comprendre le sens. Et puis soudain, la douche froide. En plus efficace. Envolées mes nausées. Dispersé l'alcool. Je sens sa main glisser sous la couture de mon slip thermotactile. Tâtonner à travers mes poils. Débusquer sa proie. Ses phalanges araignées se referment doucement sur mon sexe rabougri. Ma veuve noire de mère pousse un soupir de contentement. Je mets un moment avant de réagir. Je n'ose pas y croire. J'espère me tromper. Pas ça. Pas elle.

— Mais arrête tes conneries !

Instinctivement, ma main s'est refermée sur son poignet et le serre convulsivement au risque de le casser. Ses doigts glissent et laissent échapper ma verge. Je repose brutalement son bras contre sa hanche. Un mélange de honte et de colère empourpre mon visage.

— Qu'est-ce qui te prend ?

— Mais je ne fais rien de mal !

Je me redresse d'un bond dans le lit. Je perçois sa frêle silhouette dans la demi-obscurité. Je veux lui répondre. Lui dire combien je trouve ça monstrueux. Mais une fois de plus elle a trouvé la bonne phrase. Celle qui m'empêche d'être aussi méchant que je le voudrais. Quand même, je fais un effort.

— Si tu recommences, je te casse la tête !

— Il ne faut pas m'en vouloir, mon chéri... Mais je m'endors beaucoup mieux avec un zizi dans les mains !

— Trouve quelqu'un d'autre !

Elle ne me répond pas. Je vois juste l'éclat de ses yeux me scruter dans la pénombre.

— Tu as compris ce que je te dis ?

— Tu es vraiment un sale gosse, elle me dit en se laissant rouler sur le côté de son lit.

Je suis incapable de regagner ma chambre. Alors je me laisse glisser sous le drap. Les tempes me cognent. Le marchand de sable passe en montgolfière au-dessus de ma tête et me lâche son plus gros sac sur le crâne.

Rideau.

Un cri. Un soupir. Une extase. Ça sent la sueur et le bien-être. Les ventres sont mouillés. Ils glissent l'un sur l'autre. Je ferme les yeux pour me pénétrer du plaisir violent qui m'envahit. Mes doigts déchiffrent les contours de ce corps posé sur le mien. Lentement. Par petites touches. Ils partent du genou qui serrent mes hanches puis roulent doucement le long des cuisses. La peau, pourtant soyeuse, se granule au passage. Je délaisse les sexes déjà trop occupés et je remonte en direction des seins. Les pointes sont tendues. Le simple fait de les caresser la contracte. Mon pénis s'immerge un peu plus profondément en elle. Sa respiration s'accélère. Je rouvre les yeux. Elle mord sa lèvre inférieure. Elle est belle. Tout simplement d'une beauté chaude. Les murs se penchent sur notre couche pour mieux nous rapprocher. À n'en plus faire qu'un. Et pourtant, je ne la connais pas cette femme qui s'agite sur mon sexe. Qui le dévore. Je ne sais plus si je l'ai rencontrée dans la rue ou dans un magazine. Dans un jardin ou dans un film. A-t-elle même un prénom cette créature au visage si pur et aux formes si parfaites ?

— Marie, elle souffle du bout des dents.

Marie ! Ça me fait l'effet d'un électrochoc. Un

tourbillon de poussière l'enveloppe tout entière. Elle éclate d'un rire puissant.

Alors, la peur me submerge.

Marie. Aimer. Maire. Les lettres défilent à toute vitesse devant moi et forment des mots que je ne contrôle plus. Marie. Aimer. Maire. Elle émerge soudain du halo qui me la masque. Ses traits se déforment dans un flou d'abord imparfait.

Reste, Marie, reste ! Mais elle est déjà loin.

Aimer ne l'intéresse plus.

Elle devient maire.

Elle devient mère.

— C'est bon, mon chéri !

Elle est sur moi et me surplombe de son incestueux plaisir. J'ai l'impression que je vais entrer tout entier en elle. Ça me rend fou.

— Nooon !

Je rassemble toutes mes forces. Mes mains empoignent solidement sa taille. Je la propulse loin de moi. Le plus loin possible. Sa tête heurte le mur et retombe en travers de l'oreiller.

Elle n'a plus de réaction.

Son corps est flasque. L'œil est vitreux.

— Nooon !

Je me réveille en sursaut ; écumant. Je porte instinctivement la main à mon sexe. Il est à moitié dur et tout visqueux de semence. La respiration régulière de ma mère me rappelle que je ne suis pas tout seul.

Alors je retourne dans ma chambre en pensant à Verlaine.

Moi aussi je l'ai fait « ce rêve étrange et pénétrant ».

J'espère que c'est un rêve.

*

III
LE FRUIT EST DANS LE VER

— Bienvenue à la maison, fils !

Les mains de mon père se sont refermées sur mes épaules. Deux baisers légèrement baveux ont claqué sur mes joues. Le commissaire se tenait un peu en retrait et assistait à la grande scène des retrouvailles avec une certaine satisfaction. Peut-être même avec un brin d'émotion. Et mon père qui n'en finissait pas de m'étreindre. Pof ! Cette fois, un nouveau baiser a atteint le haut de mon front. Suivi d'une accolade plus franche, plus virile. Qui m'a déclenché une toux chronique.

— Rentre à la maison, tu vas prendre froid !

Il faisait tout pour paraître jovial ; décontracté juste ce qu'il fallait. Mais moi qui le connaissais bien, je savais qu'il se forçait.

— Ta chambre est prête… Tu vas voir, j'y ai fait quelques aménagements. J'espère que ça te plaira… Allez va !

Je n'ai pas bougé d'un pouce. Je me suis contenté de le fixer calmement. Ses grands yeux noirs rehaussés de larges sourcils étaient trop mobiles pour être sereins. Mon père s'est brusquement tourné vers le sympathique policier.

— Vous venez boire un verre, monsieur le commissaire ?

— Ma foi…

— C'est gentil de m'avoir ramené mon bébé.

— Ce n'est pas gentil, c'est normal, a précisé le commissaire. Quant au bébé…

Il est passé derrière moi et m'a pointé deux doigts revolver dans le dos.

— Allez viens… Ne m'oblige pas à te passer les menottes.

Ça, il me l'a glissé à l'oreille. J'en ai souri. Nous sommes entrés dans la maison de mon père.

Ce n'était pas vraiment chez moi.

J'ai sagement écouté ce qu'ils se sont dit le temps d'un apéritif.

Mon père a posé toutes sortes de questions sur l'enquête et sur Antoine. Rien de nouveau. Le commissaire répondait avec complaisance. Il paraissait loin déjà le meurtre de ma mère. Il ressemblait à une mauvaise histoire qui est arrivée à des amis d'amis et qu'on raconte à la fin d'un repas. Quand on ne sait plus quoi dire ou qu'on s'en fout parce que le pinard a noyé le peu de jugeote qu'il nous reste.

Bientôt, mon père n'avait plus de questions. Le silence nous est tombé dessus. Un faux silence. Où l'on pouvait presque entendre s'agiter les cerveaux de chacun d'entre nous. Des casseroles en ébullition. Le moins gêné a repris la parole.

— Tu peux nous laisser, Benoît?... Je voudrais parler cinq minutes en tête à tête avec ton père.

J'ai acquiescé et, résigné, j'ai quitté le salon. Direction ma chambre. Pour voir le mal de chien que s'était donné mon père.

Rien d'extraordinaire. De quoi dormir et travailler. Par désœuvrement, j'ai évalué la distance qui séparait le lit du bureau. En nombre de pas. Dix petits. Soit à peu près un pour chaque heure que je devrais passer dans ces lieux quand tout ce foutoir serait terminé. Huit heures de sommeil au plumard et deux heures de sieste au bureau. Un bail. De quoi voir passer la vie et de penser à la mort. Pour me rassurer, j'ai remesuré une deuxième fois. En faisant de plus grands pas. La vie passerait plus vite. Dans sa cellule, Antoine allait pouvoir faire la même chose. Mais pour lui, les heures seraient des années. Bien fait.

Alors, pour ne pas être en reste et me sentir prisonnier de cette chambre, j'ai récupéré un feutre et j'ai tracé un premier trait sur le mur fraîchement repeint. Comme si cela ne suffisait pas, j'ai empoigné les barreaux imaginaires qui ornaient ma fenêtre et j'ai pensé au commissaire qui parlait avec mon père sans la moindre envie d'être une petite souris.

Et le temps a passé bêtement. Le commissaire est venu me dire « Au revoir et à bientôt ». Mon père est venu s'assurer que tout allait bien. Je me suis endormi. Jusqu'au repas.

Chaude ambiance. Il y avait du lard au menu. Autour de la table, nous étions trois avec la pièce rapportée. Ma belle-mère. Elle avait pris la place de ma mère en temps utile. Ce n'était pas de sa faute. Je n'ai pas réussi à la trouver antipathique. Plutôt mignonne. Pas trop conne. Mon père aurait pu plus mal choisir. Seul point noir, à côté d'elle, la cantine c'était Bocuse. Le lard venait d'une boîte et noircissait sur le coin de nos assiettes. Même ce couple apparemment modèle n'avait pas faim. Je devais leur couper l'appétit. J'ai senti un frôlement sous la table. Ils devaient se parler par gestes des pieds.

— Si je vous emmerde, vous pouvez toujours me mettre en pension.

Suffoquée, marâtre s'apprêtait à me répondre. Mon père l'en a empêchée d'une main autoritaire.

— Non, sans rire… Pension plus vacances à l'usine… Je ne devrais pas être trop encombrant.

Mon père a pris sur lui.

— Tu ne manqueras de rien, je te le promets.

— Excellent, j'ai dit en posant délibérément une tranche de lard sur la nappe. Pas cher mais excellent.

Puis je me suis tourné vers mon père.

— Ah, au fait, est-ce que tu as reçu mon faire-part ?

— Ne dis pas n'importe quoi !

Je ne l'écoutais pas. J'ai étalé devant moi un texte imaginaire.

— Le petit Benoît a la douleur de vous annoncer la mort de sa maman sauvagement assassinée par un salaud.

Belle-maman a quitté la table en bredouillant qu'elle allait chercher le fromage et le dessert. Et elle profiterait d'être dans la cuisine pour faire un brin de vaisselle.

Je restai seul face à mon père. Je l'affrontais du regard.

— Je ne voulais pas t'en parler mais puisque tu insistes…

Il a cessé de jouer avec sa fourchette et a repris sa respiration.

— Ta mère n'a eu que ce qu'elle méritait. C'était une salope.

J'ai encaissé sans broncher. J'ai même répliqué rapidement.

— Tu dis ça parce que tu étais le roi des cocus ?

Il a souri. Du moins il a fait semblant. Pitoyable. Et dire que je provenais directement de ses bourses.

— Pas seulement.

Silence. Sa pomme d'Adam est remontée d'un étage pour avaler un excédent de rancœur.

— Pas seulement quoi ?

— À quoi bon… Tu ne comprendrais pas.

J'ai pris sur moi pour ne pas lui balancer mon assiette sur la figure. La chaise a giclé sous mes fesses.

— Oh si, j'ai compris… J'ai compris que si tu avais su aimer ma mère, aujourd'hui, elle ne serait pas morte.

J'ai tourné les talons. Alors que j'allais franchir le seuil, mon père m'a rappelé.

— Benoît !

— Va te faire voir !

— Benoît !

Sa voix s'était étrangement radoucie. J'ai tourné la tête.

— Tu ressembles à ta mère... En plus con !

Je l'ai remercié du regard. Venant de mon père, ça ne me surprenait pas.

*

Oh la belle journée qui s'annonce. Pas d'école et un programme chargé de copains. Je m'étire doucement. Je remonte la couverture jusque sous mes yeux. Ainsi, je peux voir le joyeux fouillis qui règne dans ma chambre. J'imagine aux objets un ordre différent. Mon étagère, par exemple. Une chaussette. Un livre. Une chaussette. Un livre. Et ainsi de suite. Ça éviterait que les mots des livres se mélangent et les chaussettes seraient bien repassées. Mais ai-je assez de chaussettes ? Curieux, je sors comme un diable de ma boîte à rêves et je me précipite vers le placard. Elles sont là. Roulées deux par deux pour que les bleues ne se mélangent pas avec les vertes. En tout neuf paires que je m'empresse de séparer. Dix-huit chaussettes dont cinq trouées et trois avec des élastiques à l'agonie. Je n'en aurai jamais assez. Mais quand même, je commence à les glisser entre chaque livre. Le Petit Prince, *mon préféré, je l'encadre de deux grosses chaussettes de laine. Je ne veux pas qu'il ait froid. Je me recule pour contempler mon œuvre. Ça me plaît. Je sors en trombe de ma chambre pour faire partager mon plaisir. À Noël, je demanderai dix paires de chaussettes. Comme ça, j'aurai dix paires de chaussures devant la cheminée et, pour une fois, ce sera utile. Mais alors que j'arrive près du salon, je comprends que Noël n'est pas pour maintenant.*

Ils sont là.

Papa et maman.

Ils se battent à grands coups de mots pas gentils. Ils sont tellement occupés qu'ils ne me voient pas entrer.

— Ils sont à moi les bouquins... Et je peux te garantir que tu ne les auras pas !

— Je vois que tu es toujours aussi généreux, pauvre mec !

Mon père ne se démonte pas et s'empare d'un livre sur lequel il frappe avec son poing.

— Tiens... Tu le vois le Rimbaud, là... Tu ne l'auras jamais... Je me le suis payé avec mes économies !

Mon père ouvre au hasard une page de son livre qu'il lit nerveusement.

— Et qu'il était sous elle et lui mordait les fesses... *Mais c'est trop beau pour toi, ça !... Si je ne t'avais pas appris, tu ne saurais même pas que ça existe !*

Ma mère semble capituler.

— O. K., garde-le ton Rimbaud... Moi, je prends les bouquins de peinture !

Mon père a un méchant rire qui me met les poils comme un balai.

— Mais sombre inculte... C'est de l'art !... Et l'art, ce n'est pas comme toi, l'art... Ça ne descend pas dans la rue... Ce n'est pas fait pour arpenter les trottoirs !

Mon père s'empare alors d'un livre de peinture qu'il ouvre et dont il arrache brutalement une page. Ça me fait mal.

— Tiens, à la rigueur, je te laisse la Joconde... Elle a l'air aussi gourde que toi !

De grosses larmes commencent à couler sur les joues de ma mère.

— Tu peux tout garder... Tu es vraiment trop con, elle dit en détournant la tête.

C'est à ce moment-là qu'elle m'aperçoit. Coincé dans l'encadrement de la porte avec mon petit pyjama bleu. Un pouce dans la bouche. Sa voix change.

— La seule chose que tu n'auras pas, c'est Benoît !

Mon père me découvre à son tour. Pour faire plus grand, je retire mon pouce de ma bouche. Je compense en me balançant d'un pied sur l'autre. Ma mère se met à crier.

— Tu m'entends, saloperie... Tu n'auras pas mon fils !

Mon père lâche brusquement le livre qu'il tient dans ses mains et s'avance vers moi.

— Bonjour, mon chéri, tu tombes bien. Ta mère et moi, on a une question à te poser...

J'ouvre de grandes billes. Ma mère, c'est des calots. Mon père me prend dans ses bras et commence à me parler doucement.

— Voilà... Je vais tout t'expliquer. Tu as sans doute compris que ta mère et moi... Ces derniers temps, ça... Comment dire... Enfin, pour ton bien, on a décidé de...

— Divorcer !

Il me colle son tendre poing sur le menton.

— Tu sais que tu me ressembles, toi... Rapide, sensible, intelligent...

— Mais fous-lui la paix !... Puis ma mère ajoute à mon endroit. Ne te laisse pas faire, mon chéri... Il essaye de t'embobiner !

— Toi, ta gueule !... Alors voilà, Benoît, le problème est simple. Tu avais un papa et une maman ensemble. Mais maintenant, c'est différent. Il va falloir que tu nous dises avec qui tu veux habiter !

— Je ne veux pas que tu quittes maman !

— Oui, mais ça, c'est impossible !... Tu dois choisir... Ton papa ou ta mère !

Ma mère s'approche de nous et m'arrache aux bras de mon père.

— Fous-lui la paix !

Elle m'embrasse avec fougue. Partout. Sur le nez, les joues, les yeux, la bouche.

— Ne t'inquiète pas, mon bébé... Tu seras toujours près de ta maman... Je t'aime, tu sais... Hein, tu sais bien que tu es la personne que j'aime le plus au monde ?... Tu es mon rayon de soleil...

— N'écoute pas son baratin de bonne femme, Benoît, et dis-lui que tu veux venir vivre avec moi !

— ..., je réponds étouffé par ma mère qui refuse de me laisser.

— De toute façon, si tu n'as pas de préférence, c'est le juge qui va choisir à ta place !

— T'as raison... Et là tu feras moins le fier, trou du cul !

— Que tu crois... Parce que le trou du cul, si je me l'étais fait tartiner autant que toi... je pourrais m'acheter des boîtes de couches !

— Répète un peu ce que tu viens de dire...

En disant cela, ma mère m'a laissé tomber. Je me retrouve par terre entre un livre de Rimbaud et un sur Léonard de Vinci.

— Tu sais très bien ce que je veux dire, espèce de traînée... Rien que de te voir, j'ai honte pour tes parents...

Je remets la Joconde à sa place. Ma mère s'empare d'un cendrier et le lance vers mon père. Il l'évite de justesse. Le cendrier termine dans une glace qui se casse. Les mégots sur le canapé.

— Tiens, la glace, tu peux la garder...

Ils se regardent. Je commence à avoir peur. Ma mère attrape le téléphone.

— Et ton fils aussi, après tout... Si ça se trouve, il n'est même pas de moi !

Je retourne dans ma chambre.

Mon père emporte tous ses livres.

Ma mère me garde.

Il y a un mot que j'ai du mal à comprendre.

Il s'appelle partage.

Aujourd'hui, je ne mettrai pas de chaussettes.

*

Le lendemain, il ne me restait de l'altercation avec mon père que des souvenirs imparfaits. Nous prenions soin de nous éviter. Nous essayions de ne pas croiser nos regards. Nous ressemblions à un vieux couple qui, à force d'habitudes, ne se supporte plus et se parle par objets interposés. Ma belle-mère marchait sur des œufs et allait de l'un à l'autre pour s'assurer que tout allait bien. Pour tenter de réparer ce qui n'était pas cassé. Allez donc briser l'inexistant. Il y a bien eu une petite bousculade devant la porte des toilettes mais elle n'a pas porté à conséquence.

Plus tard, le téléphone a sonné. Le commissaire. Il demandait à me voir. Il avait besoin de me parler. Mon père n'était pas de la fête. Il m'a néanmoins accompagné jusqu'à son bureau. Et il est reparti. Pendant le court voyage nous n'avions pas échangé un mot. Lui, tout à sa route. Moi, à la mienne. Pas la même.

— Prends mon fauteuil, Benoît, je sais que tu le trouves plus confortable… Puis il a ajouté : café avec deux sucres… Tu vas voir, ils ont réparé la machine.

— Je ne savais pas qu'elle était cassée.

— Et pourtant elle l'était, fils !… Et ce genre d'engin, c'est tout le contraire de l'homme… Plus c'est pété et moins c'est bon !

Euphorique, mon commissaire. Un peu cerné mais euphorique.

— Ne bouge pas, je reviens.

Il est sorti. Il est revenu. Il a déposé deux tasses fumantes sur le bureau. De l'instantané. Il a chaussé ses lunettes et a ouvert un gros dossier impersonnel. Il a pris le temps de le feuilleter. De s'en imprégner. À voir frissonner les narines du commissaire, on aurait pu croire qu'il exhalait mille odeurs. Que toutes les tranches de vie contenues à l'intérieur de cette chemise de carton étalaient leurs puanteurs.

Le commissaire était-il capable de capter la différence entre l'arôme du mensonge et la saveur de la vérité ? Ou se contentait-il de penser que toute cette affaire était merdique et que, par conséquent, elle puait la merde ? Je n'ai pas réussi à l'imaginer déguisé en dame pipi. Il a sèchement refermé le dossier.

— Est-ce que tu connais une certaine Sylvie Lefort ?

Je n'ai pas eu besoin de réfléchir.

— Non, ça ne me dit rien.

— Et Isabelle Guérin ?

— Oui... De nom seulement.

— Et ça t'évoque quoi ?

— C'est une ancienne maîtresse d'Antoine Lacaze.

Il a acquiescé.

— Je ne vois pas où vous voulez en venir.

Il a souri et a pointé son gros doigt sur le dossier.

— Tu vois, là-dedans, il y a son témoignage. Tout comme celui de Sylvie Lefort. Elle aussi une de ses anciennes maîtresses.

Quel rapport ces femmes avaient avec ma mère ? Qu'est-ce que ces pétasses venaient faire dans mon histoire ? Pour la première fois, je sentais que toute cette affaire m'échappait. Devant tant d'impuissance mon pouls s'était accéléré et je sentais mes joues devenir des braises écarlates. J'ai failli tout lui déballer. À cet instant, je mesurais combien il était difficile de tenir sa langue. La mienne abritait un vaste guêpier.

— Ça ne t'intéresse pas, Benoît ?

— Si, si, au contraire !

J'ai mis trop de hâte dans cette réponse mais le commissaire n'a pas bronché et il a commencé à m'expliquer en quoi la parole de ces femmes était précieuse. Antoine s'enlisait progressivement dans un magma d'emmerdements où même un bon avocat aurait du mal à l'en sortir.

Sylvie Lefort et Isabelle Guérin. Deux femmes pour la même histoire. Amour, passion et destruction. Avec Antoine dans le rôle principal. Celui d'un film de série B. Classé X. Un huis clos violent. Banal dans son sordide. Elles en sont sorties meurtries, dégoûtées, brisées. Tout comme ma mère, Antoine les aimait. Antoine les battait. Souvent jusqu'au sang. Toujours pour son plaisir. C'est ce que m'a fait comprendre le commissaire car il n'a pas voulu me donner les détails. Par peur, elles n'avaient pas voulu porter plainte. Mais à présent, c'était différent. Elles ne se privaient pas pour tailler un chouette de costume à l'amant diabolique. Du sur mesure.

— Voilà, m'a dit le commissaire. Tu vois que c'est à peu près conforme avec ce qu'il se passait avec ta mère.

— Et alors, qu'est-ce que ça prouve ?

— En soi, pas grand-chose. Mais dans un dossier, ça pèse lourd. Ça influence le jury.

Je l'ai imaginé, le jury. Avec des gros, des lourds,

des suants, des démangés de la braguette. Rien que des gens bien sous tous rapports. Et patriotes, en plus ; amoureux du drapeau. Avec la conscience du devoir. Pour un peu, j'aurais eu pitié d'Antoine et de sa folie au quotidien.

Antoine le peintre.

— Vous connaissez ses tableaux ?

Le commissaire a paru surpris.

— Tu veux parler de… de ses croûtes ?

Là, je l'ai trouvé sévère. En fait de croûtes, elles n'avaient que la matière. Du sang. Souvent de porc, parfois de bœuf qui coagulait sur la toile légèrement granuleuse. Il le déposait à pleins doigts. L'étalait à grands coups de paumes. Et, selon son humeur, le résultat n'était pas si mal. Une ébauche de talent. Rouge sang. Tirant sur le brun à mesure que ses œuvres vieillissaient.

— L'homme qui peignait avec le sang de ses victimes !… Ça aurait fait un joli titre pour journaux à sensation, vous ne trouvez pas ?

Le commissaire s'est forcé à sourire. Mais le cœur n'y était pas. Il a retiré ses lunettes et a longuement massé son nez. Il avait pris un sacré coup de vieux. Sa barbe naissante poussait dans un ordre anarchique. Même la police ne ressemblait plus à rien.

— Qu'est-ce que tu en penses de ses toiles, toi ?

J'ai pris mon temps pour répondre.

— C'est des cicatrices. Certaines sont mieux réussies que d'autres.

— Tu veux dire qu'elles lui servaient à refermer des blessures ?

Je n'ai pas dit ça !... D'ailleurs, Antoine ne referme jamais les choses. Il les ouvre. Ça vaut aussi pour les cicatrices.

Le commissaire est resté dubitatif. Très scolaire, j'ai un peu appuyé ma thèse sur Antoine.

— Si vous n'êtes pas convaincu, regardez les photos du ventre de ma mère. Vous devez en avoir dans votre album, là, j'ai dit en montrant le dossier.

Pudique, il n'a pas insisté. Nous avons encore parlé un moment. Il m'a reposé des questions sur Antoine. Sans importance. Nous allions nous séparer quand un inspecteur est entré dans son bureau.

— Tout frais, tout chaud, il a dit en tendant quelques feuilles tapées à la machine au commissaire. Ce n'est pas de la grande littérature... Mais c'est normal, ça vient de chez Guignol et compagnie.

— Il veut parler de la gendarmerie, m'a expliqué le commissaire. Et alors ?

— C'est pas fait pour arranger ses bidons vils... Lacaze se vide !

L'inspecteur s'est marré de son bon mot. Pas le commissaire.

Et moi non plus.

— Ses bidonvilles... La case se vide !

— Merci, Lafleur, j'avais compris !

Vexé, l'inspecteur a pris congé. Le commissaire s'est tourné vers moi.

— Il ne faut pas lui en vouloir. Depuis que ces collègues l'appellent « Lafleur dans une peau de vache », il se croit obligé de faire des bons mots !

J'ai failli répondre une bêtise mais le commissaire était déjà absorbé par la lecture des pages que lui avait remises Lafleur. J'ai admiré son impassibilité. Il a enfin reposé les maigres feuillets.

— Lampion… Paul Lampion, tu connais ?

— Oui, c'est le chieur de voisin qui habite en face de chez ma mère !

— Ton chieur, comme tu dis, il a appelé les gendarmes. Le dix-sept novembre. Neuf jours avant le drame pour être précis !… Tu étais chez toi, le dix-sept novembre ?

Impossible de m'en souvenir. Je n'égrène pas les jours comme des chapelets.

On a finalement réussi à se mettre d'accord. Je n'étais pas à la maison ce soir-là. Lampion avait entendu des cris de ma mère. Des hurlements, même. À coup sûr quelqu'un la battait. Il avait appelé les gendarmes. Ils étaient venus et avaient frappé chez elle. Mais elle les avait renvoyés en disant que tout allait bien et qu'elle avait quand même le droit de faire l'amour sans mettre de sourdine. Antoine, son partenaire était présent. Il leur avait ri au nez. Genre « ce n'est pas vous qui êtes capables de faire ça à vos femmes ». Les gendarmes étaient repartis furieux de s'être déplacés pour rien et avaient engueulé Lampion qui était pourtant certain de ne pas se tromper. Sa femme avait beau être morte il y a plus de dix ans, il était encore capable de faire la différence entre une femme qui crie et une qui jouit. Il ne l'avait pas dit comme ça et les braves gendarmes avaient failli l'embarquer pour espionnage sexuel. Moi, je n'avais rien su de cette histoire. Si ma mère avait des traces de coups, elle me les avait bien cachés. En tout cas mieux que ses bleus à l'âme.

Une preuve de plus pour le commissaire qui l'a bien rangée dans son dossier. D'évidence, Lampion avait vu juste. Le commissaire ferait un petit interrogatoire de routine pour avoir plus de détails sur cette soirée.

— C'est ce qu'on appelle le tourbillon infernal. Quand ça te prend à la gorge, ce n'est plus la peine de penser à respirer, m'a dit le commissaire en se levant pour me signifier que l'entretien était terminé.

J'ai pris cette phrase pour Antoine. Il valait mieux. Je me suis levé à mon tour. Nous sommes sortis du bureau et nous avons emprunté un dédale de couloirs qui menait à l'air pur.

C'est à ce moment que je l'ai vu sortir d'une fourgonnette. Tête baissée. Menottes aux poignets. Encadré par deux solides policiers. Antoine. Transformé. Plus sec que jamais. Tassé, voûté, presque noueux. Les dents crispées sur sa lèvre inférieure. Habillé pauvre. Sentant la peur et la rage.

Lui collant aux basques, les représentants de la loi l'ont propulsé dans le petit escalier de pierre qui menait au commissariat.

C'est à ce moment-là qu'il m'a aperçu. Il s'est arrêté net. Entre deux marches. Il a posé sur moi un regard de fou. Terriblement pénétrant. Je n'ai pas pour autant baissé le mien. Les yeux dans les yeux devant ceux d'un commissaire aveugle. Toute l'éternité est passée dans cet échange. Antoine a davantage enfoncé ses dents dans ses lèvres. Un léger filet de sang a roulé sur son menton. Et toujours ce regard. Il a craché sur mon pantalon.

— Petit enculé !... Tu ne l'emporteras pas au paradis !

Je n'ai pas répondu. Le commissaire l'a fait à ma place. Il s'est adressé à ses hommes.

— Emmenez-le dans mon bureau. Et attendez-moi !

Dociles, ils ont obéi. Il leur a fallu toutes leurs forces pour combattre l'inertie d'Antoine bien décidé à poursuivre notre tête-à-tête. Enfin, ils l'ont arraché à ma vision. Sa voix s'est répercutée dans le hall d'entrée du commissariat.

— Enculéééé !... Tu le sais, toi, que je suis innocent !... Tu le sais, tu le sais, tu le saiiis !

Et puis plus rien que des bruits ordinaires. Du vent s'écrasant sur du béton. Sobre, le commissaire s'est approché de mon oreille.

— Tu veux que je te fasse raccompagner ?

— Non, non... J'ai besoin de marcher.

Je me suis enfoncé dans les rues. Au hasard. Libre mais prisonnier de ce regard qui empoisonnait ma conscience. Et toujours ce crachat sur mon pantalon. Mélange de sang et de salive. J'ai plongé mon doigt dedans et je l'ai porté à ma bouche.

Quel goût ça a le sang d'un innocent ?

*

Le ciel est bas comme un sol. Le ciel est bas comme un cul. Un vent félon pousse la nuit jusque sous ma fenêtre. Je garde ma lampe de bureau éteinte le plus longtemps possible. Afin de devenir taupe. D'être aveuglé par le noir. Du plus petit bruissement aux cris des animaux nocturnes, j'essaye d'identifier les sons. Parmi eux, il en est un qui, soudain, détonne.

Un son.

Plutôt un bruit. Étranger. Polluant. Il monte de façon sourde et égoïste pour couvrir tous les autres. Il devient pressant. Obsédant. Et quand il cesse, j'en viens immédiatement à le regretter.

Antoine.

Il coupe le moteur de sa voiture. Car le bruit c'est lui. J'en mets ma main à couper. Antoine affiche le même acharnement à torturer sa vieille 403 rouge que ma toujours jeune et verte mère. Quinze jours déjà qu'elle l'a accepté pour la première fois dans son plumard. Quinze jours de trop, à oublier. Quinze jours qui ont comblé sa solitude affective. Mais à quel prix. Elle s'est totalement investie dans cette nouvelle passion au point de ne pas voir qu'elle l'amène tout droit vers sa destruction. J'en ai comme le pressentiment et, du coup, j'allume la lumière. Sous le choc, mes pupilles se rétractent vitesse grand V. Il faut du temps pour s'habituer aux choses. Antoine, je ne m'y ferai jamais. Et pourtant, je vais devoir le supporter au moins pendant le dîner. Car il est prêt. Ma mère m'appelle. Pour me donner du courage, je relis le refrain d'une chanson que j'ai écrite avec mon pote Christian. Entre deux cours.

J'suis mal armé
Contre ta peau... Et si
Je n'vois que tes reins
Beaux
Ta peau linaire
Se tend vers l'aine
Je ne suis pas ton beau
De l'air !

La chanson, on y croit avec le Chris. Le problème, c'est qu'on est nuls en musique. Alors, on s'est dit qu'on serait poètes.

Comme ça, pour la forme et parce que ça fait bien. Poètes pompiers. Ça a fait marrer une gonzesse qui avait le feu aux rimes. Si ça remplit nos paddocks, c'est déjà mieux que rien.

— Benoît !

— J'arrive !

Effectivement, j'y vais. Antoine est déjà à table et commence à engloutir un steak tellement bleu qu'il en est rouge. Le sang gicle sur les bords de l'assiette. Il l'éponge avec un morceau de pain qu'il enfourne dans sa bouche de con.

— Je ferais mieux de bouffer des Tampax, il dit la bouche pleine de sa délicatesse habituelle et en faisant claquer sa main sur les fesses de ma mère habillée ras

la moule pour la circonstance. Puis il ajoute : C'est moins poivré que ton putain de steak !

Ma mère se tait. J'en fais autant. Le dîner se passe à écouter Antoine faire son numéro de VRP multi-bites. Il lui vend du bonheur par paquets de douze, à ma mère. Même le septième ciel, à côté, il paraît bas. Il projette, l'Antoine. C'est un professionnel de l'avenir gai et souriant. Il voit de l'amour à tous les étages. Et des mômes sur la rampe de l'escalier pour faire joli.

Cette belle tirade nous amène directement à la troisième bouteille de Palotte. Un petit Bourgogne méchamment bon que ma mère avale sans se poser de questions. Cul sec. Tout comme les paroles d'Antoine le Conquérant. Du petit lait. La réussite est à portée de rêve. Les paupières se font lourdes. Le sourire devient béat. Enfin quelqu'un qui l'aime pour ce qu'elle est. Elle le savait. C'était écrit. Il viendrait le Prince Charmant. Monté sur son fier destrier. Ou comme un bel étalon. Elle ne sait plus vraiment. Elle ne sait tellement plus qu'elle pique du nez dans son assiette, la Belle au Vin Dormant. Et son Antoine qui la flatte. Toutes mains sous la table. Ça, on peut dire qu'il est poli. Il ne risque pas d'y mettre les coudes. Il est même tellement bien élevé qu'il s'essuie bientôt la bouche avec la petite culotte de ma mère qui a accidentellement glissé le long de ses cuisses.

— Tu vois ça, garçon, il me dit en agitant la mince bande d'étoffe sous mon nez... Tu vois ça... C'est une des seules choses qui te donne envie d'avoir des couilles !

— Quand je te vois, ça me donne surtout envie de me les couper !

Il rigole grassement et dépose le string bien au chaud dans mon verre vide.

— Je t'aime bien, toi... T'es carrément pas sympa mais je t'aime bien !

— Au lieu de dire des conneries, tu ferais mieux de t'occuper d'elle.

Car elle est de plus en plus mal, ma mère. Elle vire au blanc cassé. C'est à peine si elle parvient encore à articuler. Antoine comprend la situation et décide de la prendre en main. Il décolle ma mère de sa chaise et l'emporte vers la chambre en pestant après les femmes qui ne savent pas tenir l'alcool. Je profite de ce moment de répit pour mettre un peu d'ordre dans tout ce foutoir. J'ai à peine le temps de débarrasser qu'Antoine revient dans la cuisine. Plus nerveux que jamais. Et pour cause, sa chemise est devenue la Samaritaine de la gerbe. Il jure qu'on ne l'y reprendra plus. Il hurle un monceau d'insanités. Il lance des « saloperie de merde » à la volée.

— Mais passe-moi quelque chose au lieu de me regarder comme un ahuri.

Je prends mon temps pour lui tendre une éponge constellée de miettes de table. Je tente de ne pas lui montrer ma satisfaction. Mais c'est dur. Antoine commence à se nettoyer. Il se calme au fur et à mesure. Soudain, même, ça le fait rire. Il m'affiche deux rangées de ratiches jaunies par le tabac. Et il s'approche de moi. J'ai l'impression qu'il va me bouffer. Un morceau de viande à moitié digéré pend au bout de son éponge tellement secouée par sa rigolade qu'il s'écrase contre le carrelage. Antoine se rapproche davantage.

— C'est con, la vie, il me dit entre deux hoquets, parfois on fait des choses et juste après on se dit qu'on s'est trompé.

Qu'est-ce qu'il veut dire par là ? Je n'ai pas le temps d'y penser. Il m'accule contre la gazinière. Son rire se fige. Sa bouche redevient tombante. À peine entrouverte. Il me lance un regard que je n'arrive pas à déchiffrer. Il colle sa chemise contre mon tee-shirt. Les effluves de dégueulis de ma mère me remontent par vagues de dégoût. Je tente de me dégager mais il m'oppose un corps plus puissant.

— Fous-moi la paix... Et dégage, tu pues !

Il ne sourcille pas et ferme à moitié ses yeux.

— Dégage, j'te dis !

Au lieu de ça, il lâche son éponge maculée et attrape fermement mes bras. Je sens ses doigts poisseux s'incruster dans mes muscles. Ils y laissent des tatouages de vomi. Il avance sa bouche vers la mienne. J'ai juste le temps de me dégager.

— Tu vois, Benoît, ta mère, elle m'excite... Mais il n'y a rien de mieux qu'un p'tit trou du cul comme toi... Et tu vas me le donner ton joli p'tit trou du cul !

Il desserre une de ses mains et commence à me caresser le haut du torse. À mesure qu'il descend, il me parle. Il me promet une expérience unique et toutes sortes de conneries. J'ai envie de crier. Il me devance. Son pouce s'immisce entre mes lèvres.

— Chut... Tu vas voir comme c'est bon... Antoine, il t'offre ton dépucelage... T'es puceau, hein... J'me trompe ?

Horreur. Je sens son sexe qui se pose contre ma braguette. Une trique démesurée qui part en biais le long de son pantalon. Antoine cherche une nouvelle fois ma bouche. Je ne réfléchis pas. Je lève brutalement un genou. Il remonte vivement le long de son entrejambes. Et j'attends. Pas longtemps. Antoine desserre aussitôt son emprise. Il se retrouve plié en deux, le souffle court, livide, à me regarder sans comprendre. Je développe d'un coup un formidable sentiment de puissance. Je voudrais l'achever. Il me débecte trop. Je l'abandonne à sa douleur et je file dans la chambre de ma mère. Le tableau est loin d'être reluisant. La nuit et l'amour l'absorbent dans des brumes éthyliques. Dors, petite mère, dors. Demain sera plus dur encore. Je quitte la chambre et je tombe sur Antoine. Mal remis de ses émotions, il arrive en se tenant l'ensemble de la virilité. Je garde le triomphe modeste.

— Tu verras, un jour, tu vas regretter ce que tu as fait.

Je ne lui réponds pas mais j'ai le sentiment qu'avec Chris, on a raison... Le monde, « j'suis mal armé contre sa poésie ».

*

Sept kilomètres pour rentrer chez mon père. Sept kilomètres de petites routes grises et désespérément tristes.

Entourées de champs grossièrement labourés. À perte de vue, une mer de terre. Avec des corbeaux pour remplacer les mouettes. Sur le bord d'un chemin, un épouvantail. Couché les bras en croix, sans sépulture. Son maigre squelette de bois offert aux intempéries.

Sept kilomètres.

Je les ai faits sans me presser. En prenant même le temps de faire quelques pas de patinage sur les plaques de verglas.

Sept kilomètres.

La nuit m'a surpris. Le brouillard m'a happé. Le froid m'a saisi.

Sept kilomètres. Moins, maintenant.

J'ai eu une pensée émue pour les grognards de Napoléon qui s'étaient tapé la retraite de Russie. Paris-Moscou. Aller et retour. L'hiver. Pedibus. À moitié à poil. Pour rien. Seulement pour voir une belle flambée. Et la mort d'un peu plus près. Qu'est-ce qu'ils devaient penser ces mecs en rentrant chez eux ? Moi, il ne me restait à tout casser que deux bornes à parcourir et je n'en pouvais déjà plus. Les mains, surtout. Gelées. Comme ma mère dans son frigo. Et dire que j'ai passé neuf mois de ma vie bien au chaud dans son ventre. Trente-sept degrés garantis. Trente-sept six le jour de son petit rhume. Tahiti à côté c'est Saint-Pierre-et-Miquelon.

Sept kilomètres.

Plus qu'un. Le dernier. Le plus dur. Celui du choix. Remettre les pieds chez mon père ou me laisser aller dans un fossé ? Entendre les horreurs de mon géniteur ou attendre que la glace statufie mes douleurs ? J'ai choisi la solution de facilité. Celle qui me rendait indispensable aux yeux du monde. Vivre pour connaître la fin de l'histoire. Ne pas mourir en pleine Beauce. Au pied d'un talus. Vivre pour voir Antoine devenir l'ombre de lui-même. Vivre pour regarder mon père rester tel qu'il est. Vivre pour rendre un dernier hommage à ma mère. Pour voir la terre la serrer contre son sein.

Je suis entré dans la maison.

Calme et silence. J'ai fait un petit détour par le frigo pour me réchauffer l'estomac. Puis je suis monté à l'étage pour regagner ma chambre.

C'est d'abord la musique qui m'a attiré. Après un temps d'hésitation, j'ai reconnu le *Requiem* de Mozart. Couvert par le *Lacrimosa,* je me suis avancé silencieusement vers la porte entrouverte du bureau de mon père où filtrait une étrange et intermittente lumière. Il m'a fallu glisser un œil dans l'entrebâillement pour comprendre qu'elle provenait du projecteur de diapositives de mon père.

Il était là, me tournant le dos. Pénétré par la musique. Absorbé par l'écran. À actionner sa télécommande pour regarder de nouvelles photos. Pas n'importe lesquelles.

Ma mère.

Tout un panier. La montrant jeune et souriante. Boudeuse et insoumise. Habillée ou nue.

Ma mère.

Simple ou sophistiquée. Avec des chapeaux, de belles robes ou des bottes.

Ma mère.

Dans une forêt ou dans sa baignoire. Sur une route ou dans un jardin.

Ma mère.

Me tenant tout bébé dans ses bras.

Ma mère.

Ses jambes, ses seins, son ventre et même son sexe. Une mère en parties. L'œil clair et pétillant, à peine maquillé. Le nez fin et droit. La bouche faite pour aimer.

Ma mère, enfin.

Langoureusement lovée contre mon père. Toute une série. Terriblement vivante. Et encore des photos. De celles qui vous laissent huit secondes après avoir appuyé sur le déclencheur de l'appareil. Bonheur immortalisé. Sur une caresse ou un baiser. Huit secondes pour la retrouver. Mon père se prenant les pieds dans le tapis. Un paquet de joies. Rien que du rire.

Il a bien fallu des pleurs.

Mon père a éclaté en sanglots. J'ai vu son dos pourtant large se secouer de spasmes incontrôlables. Il s'est mis à taper du pied comme un enfant coléreux. Il a prononcé des paroles incompréhensibles. Des litanies sourdes et inaudibles. Tassé sur son siège, il formait une énorme boule de malheur. Et moi, je ne pouvais en détacher mon regard. Spectacle fascinant d'un père s'épongeant les yeux à grands coups de mouchoir. Un père passé à côté des gens qu'il aurait dû aimer.

Tout sauf un père. Prostré dans le noir d'une photo éteinte. Projetant désormais ses erreurs sur l'écran. Incapable de retenir l'image de cette femme qu'il a aimée, un jour, peut-être. Un père réduit à la souffrance du souvenir. Un père plus mort que ma mère.

— C'est trop tard pour la trouver belle !

C'est sorti tout seul. Il s'est retourné instantanément. Tout luisant des yeux avec des mâchoires que je devinais serrées. Pris en flagrant délit de chagrin. Il s'est un peu redressé. Au moins son ombre.

— C'est con, hein, de bander pour un fantôme ?

— Casse-toi !

Il n'a pas eu besoin de me le dire deux fois. Je l'ai laissé à son désarroi, en proie à je ne sais quelles chimères que j'aurais bien aimé connaître. Une foule de « pourquoi » se bousculait dans ma petite tête d'oiseau. J'avais un gros tas d'incompréhension dans la caboche quand j'ai regagné ma chambre.

*

Dehors, il y a des arbres et des oiseaux. J'ai un beau vélo bleu. Bien plus bleu que le ciel. Un bleu bleu. Un bleu neuf. Je pédale à toute vitesse sur un petit chemin qui me mène tout droit vers mon père. Il fume une cigarette. Il lit un gros livre tout abîmé. Je freine juste devant lui. Il lève les yeux vers moi. Il est un peu agacé. Mais comme il paraît plus petit que moi, assis au pied d'un chêne, j'en profite. Moi, mon vélo, il est grand. Grand comme moi et mon courage. Aujourd'hui, c'est mon anniversaire. Pas n'importe lequel. Ma grand-mère, elle me dit que j'ai l'âge de raison.

— Pourquoi tu lui fais toujours du mal à maman ?

Il écrase sa cigarette près de mon pied. Il fronce ses sourcils.

Quand il fait ça, il veut dire qu'il n'a pas envie de parler et qu'il n'est pas content.

— Hein, pourquoi ?

Ma mère, elle n'a pas voulu venir avec nous. Elle a préféré rester pleurer à la maison. Pleurer et taper ses poings contre son oreiller.

— Alors, pourquoi tu lui fais toujours du mal à maman ?

Mon père remet ses yeux dans son livre. Sa bouche commence à s'agiter. Douce pour une fois.

Ô ma jeunesse abandonnée
Comme une guirlande fanée
Voici que s'en vient la saison
Et des dédains et du soupçon

— Ce n'est pas une réponse.

— Si, c'en est une... C'est même la seule que tu puisses comprendre !

— Ça veut dire quoi ?... Que tu ne l'aimes plus, maman ?

Il rit, mais je vois bien qu'il n'a pas envie.

— Tu vois...

Il prend sa voix de maître d'école. Ça ne me plaît pas.

— Tu vois, l'amour c'est comme la poésie, c'est toujours désespéré.

— C'est pas vrai... Moi, je n'aime pas ça, la poésie.

— Parce que tu ne sais pas ce que c'est !

— Si, c'est des mots qui ne veulent rien dire et qu'on doit apprendre par cœur pour réciter à l'école.

Il referme son livre.

— Non, ce n'est pas ça... La poésie, c'est toi sur ton vélo. C'est la lumière dans tes cheveux. C'est la sueur sur ton front. C'est tout ce que tu trouves beau et que tu voudrais garder. Et ça te fait du mal parce que tu sais que ça ne va pas durer.

— Comme toi avec maman, alors ?

— Va faire du vélo !

Je repars en pédalant de plus belle. L'âge de raison, c'est des foutaises et ça me met de la rage au bout des chaussures. Alors j'appuie plus fort. C'est con la poésie. C'est con un père. C'est con, tout ça. C'est con, c'est con, c'est con.

C'est con une racine qui dépasse sur le chemin. Je ne la vois pas et mon vélo part par-dessus ma tête. Je me retrouve la tête dans un tapis de feuilles. Les fesses dans les châtaignes. J'ai mal partout et je ferme les yeux. Quand je les rouvre mon père est penché sur moi. Il me fait un peu d'air avec son gros bouquin. Je me redresse un peu pour lui dire que tout va bien.

— Ta mère, je l'aime plus que la poésie. C'est pour ça que je lui fais du mal !

Je ne lui réponds pas. Je me relève et j'essuie un peu de sang qui coule le long de ma jambe. Je récupère mon vélo et je repars dans la forêt. De loin, j'entends mon père me crier : « Je l'aime trop ta mère. »

Je ne voudrais pas vieillir.

*

Je n'ai pas dormi de la nuit. Hanté par la vision de mon père. Dès que je fermais les yeux, il m'apparaissait. Un spectre tout lumineux et impossible de me concentrer sur autre chose. Un père majuscule avec de gros points d'interrogation.

Au petit matin, j'avais la tête farcie de vide. J'ai pris un long bain chaud pour essayer de me détendre. Peine perdue.

Sur le coup de neuf heures, inévitable, le commissaire s'est rappelé à mon bon souvenir en me téléphonant. Il avait des choses à m'apprendre. Il allait passer me chercher. C'était une question de minutes.

Attendre, toujours attendre. Depuis que j'avais commis l'irréparable, ma vie était vouée à l'attente.

J'ai refait en voiture mon trajet pédestre de la veille. Au chaud, à écouter la radio du commissaire. Un truc rigolo qui relie les flics entre eux. Qui les font appartenir à une grande famille guidée par la passion de l'ordre et le plaisir du pouvoir. La radio a annoncé un accident sur la voie ferrée. Un mec avait raté un pont et sa voiture était tombée à cheval sur les rails. Par chance, le conducteur s'en tirait avec quelques égratignures mais le trafic était bloqué.

— Arnaque à l'assurance, m'a dit le commissaire entre ses dents.

—?

— Un coup classique. Monsieur X veut se débarrasser de sa voiture. Il s'arrange pour la casser et toucher l'assurance.

Il m'a étonné, le commissaire. Non pas par ses explications mais simplement parce qu'il voyait immédiatement le pire, le tordu. Il devait sûrement se comporter de la même manière avec moi. À moins que je ne sois sauvé par mon air juvénile ou l'énormité de la situation : tuer sa mère, ça ne se fait pas.

Nous avons encore eu le temps d'écouter un vol à la roulotte et nous nous sommes garés devant le commissariat que je commençais à connaître comme ma poche.

J'ai eu le droit au cérémonial du café. La machine avait à nouveau dû se détraquer car il avait un goût d'insipide. Le commissaire l'a trouvé aussi mauvais que moi car il a grimacé. Les lunettes solidement plantées sur son nez, il a rouvert le dossier qui s'épaississait à vue d'œil. Consistant, le dossier. Bourratif même. Comment tant de pages noircies pouvaient-elles contenir aussi peu de vérités ?

— On tient le bon bout, fils !

— L'autopsie ?

— Oui, j'ai reçu ce matin les conclusions du médecin légiste. Tout est là, il m'a dit en posant sa paume bien à plat sur quelques feuillets soigneusement dactylographiés.

Alors je l'ai écouté parler.

L'autopsie. Un rapport compliqué, savant, pour dire peu de chose.

Le sperme trouvé sur les cuisses de ma mère était bien celui d'Antoine. Il y avait eu pénétration peu avant la mort et même, il avait hésité à me le dire, sodomie.

L'autopsie. Le couteau trouvé dans la chambre était celui qui avait provoqué la mort en sectionnant franchement l'appareil génital de ma mère au niveau de l'utérus. Une blessure large et profonde. L'hémorragie qui avait suivi avait été fatale. Le couteau ne comportait pas d'empreintes digitales et son manche avait été soigneusement nettoyé après le crime. Il restait quelques traces de sang sur la lame. Identique à celui de ma mère. Du A positif.

L'autopsie. Sur le corps de ma mère subsistaient quelques traces de coups antérieurs au meurtre. Mais aucune ecchymose prouvant qu'elle s'était débattue. Conclusion, selon toute vraisemblance, elle connaissait son assassin.

L'autopsie. Tout ce que ma mère avait dans l'estomac. Du vin, beaucoup mais aussi des carottes râpées, un steak haché et du pain.

L'autopsie. Ce que j'en ai retenu. Quelques gouttes de sperme et des mégots dans un cendrier allaient suffire à confondre Antoine.

Ce con allait regretter de ne pas avoir mis de capote. Je lui avais refilé une forme de SIDA. qui le rongerait des années à l'ombre de sa cellule.

— Alors, fils, qu'est-ce que tu penses de ça ?

— Vous devriez écrire des histoires pour enfants.

Mon ton un peu cassant a légèrement refroidi son enthousiasme.

— Il est ferré avec ça, Benoît. Même le jury le plus clément ne lui accorderait pas le bénéfice du doute.

— Ça me fait une belle jambe.

Cette nuit blanche me rendait agressif et je n'arrivais pas à me réjouir de la tempête juridique qui allait s'abattre sur Antoine. J'avais en tête le dernier repas de ma mère. Sa Cène à elle. J'ai essayé de me lever pour me détendre. Mes jambes ne me portaient plus. Je me suis rattrapé de justesse au bureau, manquant de le renverser. Inquiet, le commissaire s'est immédiatement avancé vers moi.

— Ça va?

— Oui, c'est le plus beau jour de ma vie, j'ai répondu en me remettant lentement les esprits en place.

— Excuse-moi, je n'aurais pas dû te raconter tout ça. Mais j'ai cru que…

— Vous avez bien fait.

— Inutile de te dire que tout ceci est sous le secret de l'instruction. Tu dois garder tout ça pour toi.

— Je m'en doute.

Devant mes réactions, le visage du commissaire s'était tendu. Ses joues étaient agitées de tics nerveux. Son regard devenait mobile à l'extrême.

— Je te raccompagne.

Je n'ai pas répondu tout de suite, préférant prendre le temps de le jauger. Mes silences le gênaient plus que tout le reste. Mon mutisme était un formidable gage de sincérité dans la douleur.

— Allez viens.

— Dites-moi… L'autopsie… C'est tout ce qu'ils ont trouvé ?

— Comment ça ?

J'avais une idée derrière la tête mais je ne pouvais pas la formuler clairement.

— Je ne sais pas, moi… Dans son ventre ?

J'avais trop parlé et cela avait suffi à attiser sa curiosité.

— Bizarre… Pourquoi tu me poses cette question ?

Un peu dépassé par la tournure de la conversation, j'ai dû improviser. Quoi qu'il en soit, j'avais besoin de savoir.

— Quelques jours avant sa mort, ma mère a annoncé à Antoine qu'elle était enceinte de lui.

Ça a fait au commissaire l'effet d'un électrochoc. J'ai repris :

— C'est du moins ce qu'elle pensait car elle n'avait pas eu ses…

— Mais pourquoi tu ne me l'as pas dit plus tôt ?

— J'avais oublié.

Furibond, le commissaire s'est planté devant moi.

— Mais bon sang… Ce genre de choses, ça ne s'oublie pas.

— C'est toute cette merde que vous avez remuée… Ce beau rapport d'autopsie… Soudain, ça m'a rappelé.

Le commissaire a fait deux fois le tour de son bureau au pas de charge. Puis il s'est radicalement calmé.

— Bon, excuse-moi… De toute manière, ça ne change pas grand-chose… Le médecin légiste n'a pas signalé la moindre trace d'œuf ou d'embryon… Et étant donné l'emplacement de la blessure, ça pouvait difficilement lui échapper.

Le commissaire a continué à me parler ou à se parler tout seul. Je ne l'écoutais plus. Mon esprit était ailleurs. Loin, très loin. Près de ma mère. Avec un indéfinissable sentiment qui m'inspirait une infinie tristesse et la désagréable impression d'avoir agi pour rien. De m'être trompé sur toute la ligne. De m'être aventuré sur un terrain où j'étais battu d'avance. Où mon inexpérience des comportements humains ne me laissait aucune chance. Avais-je pu à ce point pécher par naïveté ?

— Je veux voir ma mère.

— Ce n'est pas possible, Benoît.

— S'il vous plaît, il faut que je la voie !

Le commissaire a soupiré et m'a tendu la main pour m'aider à me lever de ma chaise.

— Merci.

— Qu'est-ce qui te fait dire que j'accepte ?

— Vous en avez trop fait ou pas assez.

Il m'a adressé un clin d'œil que j'ai pris pour un geste purement égoïste.

*

L'hôpital. Nous avons traversé ses couloirs verdâtres et quasi déserts. Le rez-de-chaussée, d'abord. Puis le sous-sol. Une chape de silence amplifiait les battements de mon cœur. De temps à autre, le crissement de nos chaussures sur le carrelage uniforme me rappelait que nous étions dans le monde des vivants.

J'ai fixé mes yeux sur la porte à doubles battants qui me paraissait si proche et si inaccessible à la fois. Enfin nous l'avons franchie. Derrière, il y avait d'autres couloirs qui donnaient sur d'autres portes. Seule l'odeur changeait. Du moins, il me semblait que le fort parfum d'éther s'atténuait. Nous sommes parvenus à un petit bureau. Un homme en blouse verte nous a hélés. Le commissaire l'a pris un peu à part et lui a parlé, à voix basse, mené par l'instinct que l'on a dans ce genre de lieux. J'ai concentré mon attention sur les six lettres majuscules qui ornaient l'entrée d'une salle : M. O. R. G. U. E. Et la sensation de pouvoir faire avec elles une foule de choses. De pouvoir les remuer dans tous les sens. Pour moi, c'est devenu « gourme ». Comme celle que j'avais jetée depuis déjà un certain temps.

Le commissaire s'est rapproché de moi et a posé sa main sur mon épaule.

— Tu veux toujours la voir ?

J'ai acquiescé d'un signe de tête. L'homme en vert nous a précédés et nous sommes entrés dans la salle immaculée. Ultime chambre avant la terre, le feu ou l'eau. Étrangement vide. Révélant l'absence. Lui donnant tout son sens. Nous avons longé une série de casiers solidement ancrés dans la réalité d'un mur froid et épais. Parfaits pour la mort. Des étiquettes, habitées par le souffle de la climatisation, se balançaient doucement au bout de poignées en métal. Une encre baveuse résumait l'identité de cadavres invisibles. La blouse verte s'est arrêtée devant un tiroir semblable aux autres. Graves et tendus, nous l'avons imitée.

Elle est là, ma mère. Là, bien rangée à l'horizontale dans cet étroit frigo. Là, sans rire et sans pleur. Là, étendue parmi les autres, les finis. Là, inutile et tranquille.

Là. Tout simplement.

— Je peux ouvrir ?

— Oui.

Impassible, la blouse verte a agrippé la poignée et a fait coulisser le tiroir parfaitement huilé. Lentement, progressivement, ma mère m'est apparue recouverte d'un drap blanc qui donnait à ses formes discrètes une apparence fantomatique. À cette différence près, le boulet, c'est moi qui le portais. Délicatement, l'homme a soulevé le drap qui cachait son visage. L'air me brûlait les poumons. J'ai retenu mon souffle. Un long frisson a parcouru mon corps, hérissant mes poils au passage.

Oui, mère, c'était bien toi.

Toi, impassible. Presque détendue. Toi, les paupières closes. Les lèvres serrées, légèrement tombantes, un rien méprisantes. Toi, blanche, exsangue comme après tes colères. Toi, terriblement définitive.

L'homme en vert a voulu remonter le drap. J'ai happé son poignet pour l'en empêcher.

— Je veux rester seul avec elle.

Le commissaire n'a pas bronché, attendant la réaction de l'homme qui n'est pas venue.

— Je vous en prie, laissez-moi cinq minutes. J'ai des choses à lui dire.

— C'est possible ?, a demandé le commissaire.

L'homme a hoché la tête et, sans doute content de respirer un air plus pur, a quitté la pièce suivi par le commissaire.

Mère, il me restait cinq minutes de vie avec toi. Je ne voulais pas les manquer. Cinq minutes à sens unique mais sans doute parmi les plus importantes. Cinq minutes avec ton bourreau de fils que tu voyais peut-être d'en haut. Moi, je voulais m'imprégner de toi.

J'ai retiré complètement le drap pour te voir tout entière. Le commissaire avait bien fait ce que je lui avais demandé. Des infirmières t'avaient passé la robe et les chaussures que j'avais choisies. Elles t'allaient bien. Avec tes mains croisées sur ta poitrine, tu ressemblais à une petite fille. Tu reflétais une innocence toute naturelle. Et pourtant tu m'avais menti.

— Pourquoi tu m'as menti ?

J'ai soulevé le mince voile d'étoffe fleurie qui couvrait tes cuisses et je l'ai remonté au-dessus de ton ventre. Je me suis longuement attardé sur ton sexe qui avait été rasé. Tes poils étaient toujours vivants et avaient repoussé d'un ou deux millimètres, délimitant de façon incertaine une ombre de triangle.

— Parle... Réponds-moi... Pourquoi tu m'as trahi ?

J'étais désormais concentré sur ton ventre barré d'une large cicatrice. Encore fraîche. Un fil noir et luisant maintenait collé les bords de tes plaies et contrastait avec la fadeur de ta peau. C'était propre. Inexorablement clinique. Et dire qu'il avait fallu que tu sois ma mère.

— On aurait pu se comprendre tous les deux... Au

moins essayer… On aurait pu se dire des choses… Je ne sais pas, moi, de l'amour, de l'inutile…

Les phrases sortaient toutes seules et se brisaient sur ton inertie. Je ne voyais que toi, suspendue, flottant au milieu de la pièce. Un jardin au milieu de nuages.

— Tu pars encore belle.

Ton sexe, ton ventre, tes seins cachés. J'ai suivi tous tes contours pour finalement poser ma bouche bien à plat sur tes lèvres glacées. Un baiser reptilien où ma langue s'est enfoncée dans le fade de ta gorge. J'avais aussi tué ton goût et tes yeux fermés me renvoyaient l'éclat d'un miroir noir sans espoir.

— Tu fais chier. Même morte, tu fais chier.

J'ai empoigné ta chevelure que j'ai commencé à secouer dans tous les sens. Ton manque de réaction m'exaspérait.

— Qu'est-ce que tu veux ?… Hein, qu'est-ce que tu veux ?…

C'est un mec que tu veux ?… Un mec rien que pour toi ?… Je vais t'en trouver un, moi, un mec… Un qui va t'aimer pour ce que tu es… Un qui sera ta chose, ton jouet…

Je t'avais délaissée quelques instant et j'avais entrepris de te trouver un homme. J'ouvrais les tiroirs de la morgue les uns après les autres à la recherche de ton idéal. Les suaires s'éparpillaient sur le sol. Une armée de corps nus et rigides constituait l'intégralité de mon catalogue matrimonial.

— Un blond… Ça te tente, un blond ?… Non, ne

bouge pas, j'ai mieux... Il a une gueule d'ange, celui-là... Et il est monté comme un seigneur...

Finalement, cela n'allait pas. Il te fallait mieux. Les cadavres défilaient toujours devant moi et dévoilaient une partie de leurs mystères. Je me suis arrêté devant un corps sans visage, très proprement décapité. Un beau corps de jeune homme, bien proportionné.

— Et celui-là... Qu'est-ce que tu en dis de celui-là ?... Au moins tu ne pourras pas lui prendre la tête.

De grosses gouttes de sueur ont coulé le long de mon torse et m'ont rappelé le sordide de la situation. Épuisé, je suis revenu vers toi, insupportable d'impassibilité. J'ai arrosé de quelques larmes silencieuses ta peau déshydratée sans faire attention au retour du commissaire et de l'homme en vert. Tu emportais avec toi ta part de vérités. Tes mensonges étaient mon héritage. Il allait bien falloir que je me montre digne de toi.

J'ai commencé par bégayer quelques mots d'excuses pour tous ces morts que j'avais dérangés dans leur sommeil.

*

— Si la vie te paraît insupportable, c'est que tu ne vas pas au bout de tes rêves.

Elle me dit ça. Une jolie fille. Elle est assise sur mes genoux à l'arrière de la voiture. Sa jupe flotte doucement sur ses jambes et remonte sur ses cuisses. À l'avant, cheveux dans l'air, ma mère conduit la vieille deux-chevaux. Le soleil descend par la capote et nous donne à tous une belle couleur d'été. La route des falaises zigzague, rapide, sous nos yeux. Les rires de la jeune fille se fracassent sur les rochers. Leurs échos viennent mourir sur les vagues écumantes. Je sens, sous moi, grandir un désir de chien.

— Dépêche-toi... Les rêves fanent plus vite que les fleurs.

Je fais ce que je peux et mon pieu fièrement dressé cherche désespérément à briser les barrières de coton. Le slip, d'abord. Puis le jean. Car ils sont là, mes rêves du moment. Solidement ancrés dans ma culotte. Ma mère peut bien me regarder à travers le rétroviseur, ça ne les change pas pour autant.

— Arrête de m'épier.

Mais elle reste concentrée sur mon image. Un peu la sienne. Et elle ne voit pas le camion qui déboule. Face à nous. Occupant toute la largeur de la route.

La jeune fille rit. Je crie. Ma mère donne un grand coup de volant. La voiture décolle par-dessus la falaise. Nous plongeons tous vertiges dehors vers l'abîme. Je m'agrippe fermement à la jeune fille qui n'est que vent et j'attends le chaos qui n'en finit pas de venir.

Comme toujours, je me réveille en sursaut et ces vers que j'ai lus résonnent à mes oreilles :

Que lentement passent les heures
Comme passe un enterrement

Tu pleureras l'heure où tu pleures

Qui passera trop vitement
Comme passent toutes les heures

*

J'étais en première ligne, au premier rang. Comme un soldat au front. Comme un fayot en classe. Devant moi, il n'y avait que le curé. Et ma mère. Encadrée par quatre solides planches de chêne capitonnées de soie rouge. Les poignées du cercueil luisaient sous la douce lumière des vitraux de l'église.

Donc, devant, le curé. Ému comme un premier communiant. Un curé remplaçant – l'ancien était tombé gravement malade. On avait prié pour son prompt rétablissement, mais à quatre-vingt-cinq ans, il ne fallait pas trop en demander – un curé ordonnant son premier enterrement. Ne voulant surtout pas le rater. Concentré sur ses Ave et ses Pater austères. Au point de les répéter deux fois plutôt qu'une. Un curé, brave homme, étriqué dans son habit de gala et dépassant allégrement les cent kilos. Il avait pondu un roman sur ma mère. Un discours tout en longueur pour dire qu'on la regretterait beaucoup. Mais que c'était ça la vie. Qu'on était là pour mourir. Et que, sans doute, là-haut, tout près de Dieu, au paradis – car il était hors de question que ma mère se tape l'enfer – elle serait bien. Sans vague à l'âme et sans tentation des péchés de chair. Pour un peu, j'aurais signé tout de suite. Mais ma mère, elle, allait s'emmerder à mourir. Aux cieux, on ne doit pas pouvoir faire les soldes.

Puis est venu le temps de boire le sang du Christ. Le curé devait avoir besoin d'une sacrée transfusion car il s'en est gavé d'au moins un demi-litre. Le glouglou de sa pomme d'Adam résonnait contre la nef et retombait sur les maigres rumeurs de la petite foule assise derrière moi.

Car derrière, il y avait du monde. Un reste de famille, quelques amis, une poignée de curieux et le commissaire assis non loin de la sortie. Je sentais par instants leurs regards se poser en vrac sur mes épaules. Au point de me sentir aussi lourd que mon curé qui a entonné un petit chant à la gloire de Marie, histoire de mettre de l'ambiance et de réchauffer l'atmosphère plus que frisquette. On était loin des gospels chantés dans les églises de la Nouvelle-Orléans. Frapper dans ses mains aurait fait mauvais genre. Même pour se les réchauffer. Au lieu de ça, une vielle bigote, ruinée par soixante-dix ans passés à adorer son Dieu et lui seul, a fait passer une corbeille pour que l'on se soulage des pièces et des billets qui nous brûlaient les poches.

Ite.

Quatre bonshommes ont soulevé le cercueil de ma mère et l'ont emporté hors de l'église. Mécaniquement, le cortège a suivi. Direction le cimetière. Un kilomètre à pied. Où d'autres agapes nous attendaient entre ses murs. Silencieux, siliceux. Je les ai franchis sans me poser de questions, la gorge toutefois un peu nouée à mesure que je m'enfonçais dans l'allée qui menait tout droit au trou. Les tombes, plus hideuses les unes que les autres, défilaient tandis que mes pas me guidaient vers l'inexorable. Eugène Machin, 1902-1937, un oublié, un sans fleur, pas même mort à la guerre. Ernest Tartampion, 1933-1973, accident du travail, ses collègues pensent toujours à lui et le chrysanthème en plastique apporte une petite note de gaieté. Famille Truc, beaucoup de place pour des vieux morts dont une partie pour la patrie. Et Émilie, 1964-1984. L'injustice d'une mort à vingt ans. Emportant avec elle toutes ses illusions et son bonheur au goût d'inachevé. Pour me consoler, je lui ai imaginé une vie de Cosette. Une bien sale existence. De la crasse par paquets, pour Émilie la vilaine.

Le temps de dire ouf et j'étais au bord du gouffre. Derrière, les vieux tiraient la patte et les jeunes marchaient à reculons. Toujours aux avant-postes, mon curé distribuait les bénédictions à qui mieux mieux. Sa lourde carcasse s'agitait et sa voix avait les résonances d'un mauvais vent se brisant sur un relief inattendu. La masse noirâtre de la terre roide et compacte m'a sauté à la gueule. Je me sentais lentement glisser vers ce trou. J'aurais aimé qu'on m'y pousse, qu'une main secourable m'aide à faire le dernier pas. À la place, une palissade de recueillement m'a entouré.

Une dernière prière. Un signe de croix pour ceux qui le désiraient et ma mère a entamé une lente descente vers cet inconnu qui l'effrayait tant. J'entendais le vernis du cercueil s'écorcher contre les parois abruptes. Un sang de glaise achevait de le ternir. Je n'ai laissé à personne le soin de lancer la première motte de terre. Puis j'ai attendu que ça se passe, redoutant à l'avance le déluge de poignées de mains fraternelles, d'embrassades et d'accolades qui n'allaient pas tarder à m'échoir.

Ils y sont tous passés. Tous, agglutinés comme des cons, à chercher le mot juste. Celui qui vous console ou qui rend le malheur un peu plus supportable. Tous, avec leur émotion, leur petite larme ou leur rictus de dépit. Tous, engoncés dans leur raideur bien pensante. Tous, même le patron de ma mère, un être insignifiant qui pensait que son pognon était gage d'intelligence.

— Mon pauvre garçon... Je sais combien votre maman vous aimait... Soyez certain que vous pourrez toujours compter sur nous.

Je l'ai repoussé alors que sa paluche bien froide allait s'abattre sur mon cou. Je me suis penché à son oreille.

— Vos fleurs, vous pouvez vous les foutre au cul !

Il s'est raidi. Je lui ai adressé mon plus beau sourire.

— Elles sont comme vous... À gerber...

—...

— En plus, ma mère vous détestait... Alors barrez-vous... Mettez vos fleurs sur votre balcon...

Il a ravalé sa salive.

Au suivant.

Et ils sont tous passés.

Tous, sauf le commissaire qui m'a attendu à la sortie du cimetière pour me dire qu'Antoine niait toujours avoir tué ma mère mais que la justice suivait son cours. Il avait bouclé son enquête et avait remis toutes ses conclusions au juge d'instruction.

Je les ai tous vus quitter les lieux.

Tous, sauf mon père. Qui n'est pas venu. Mais qui a sans doute bien fait.

Une fois seul, je suis revenu vers la tombe. J'ai donné l'ensemble des fleurs à Émilie. Ma mère, j'ai embrassé sa terre en pensant que ça durerait plus longtemps et que mon odeur y serait gravée à jamais.

Mais il fallait bien retourner vers la vie. Vers mon père.

*

Je suis dans mon petit lit. Maman est là. Sa voix est douce et câline. Elle chante.

Papa, papa, il n'y eut pas entre nous,
Papa, papa, de tendresse et de mots doux
Pourtant on s'aimait, bien qu'on ne se l'avouât pas,
Papa, papa, papa, papa.

Mes yeux se ferment. Je serre contre moi une maman ourse en peluche. Je suis tranquille. Papa, je sais que tu es là.

*

L'ombre de mon père s'est découpée dans l'encadrement de la porte d'entrée. Elle se brisait contre les marches et lui donnait une forme menaçante. J'ai refermé le portail le plus discrètement possible. C'était inutile. Il m'avait vu ou plutôt entendu. Il a trimballé sa carcasse dans ma direction. Je n'ai eu que le temps de m'aplatir derrière un massif de verdure rongé par le crépuscule.

— Benoît… J'ai à te parler !… Sors de ton trou…

— Moi, je n'ai rien à te dire.

— Arrête de faire le gamin… Tu crois que ça m'amuse ?

Je me suis présenté à lui. Ses larges épaules et ses yeux, perçants l'obscurité, m'ont impressionné. Malgré tout, je suis resté immobile. Sans défi et sans haine.

— Comment ça s'est passé ?

Le gravier a crissé sous mes pieds en amorce de retraite anticipée.

— Fais pas le con, on peut bien se parler deux minutes pour une fois !

Je me suis retourné d'un bloc, prêt à sacrifier ces deux fameuses minutes.

— Tu as trouvé ma couronne de fleurs ?

— C'est celle où il n'y avait rien de marqué ?

— Oui, j'ai pensé que… Enfin tu sais, si je ne suis pas venu, c'est parce que…

— Tes fleurs, j'ai pissé dessus… Et elles ont fané comme tu as fané ma mère…

J'ai senti que ça l'avait blessé. Mais il a tout fait pour ne rien laisser paraître.

— Il faut me comprendre… Tous ces souvenirs… Je n'avais pas envie de revoir ma belle-famille !

— Tu crois que l'ai vue, moi ?… Elle est passée

comme ça, en coup de vent, la famille!... Mais toi, tu n'étais même pas au courant d'air!

— Ce n'est pas pareil... Mais à quoi bon remuer tout ça?

J'ai eu envie de lui crier ma révolte. De la lui faire entrer à grands coups de pieds dans le train. De lui dire qu'il aurait pu oublier ses rancunes pour un jour. Pour ce jour.

— Viens, on va rentrer...

— J'ai tout compris de toi... Tu es un lâche!

Il est resté désespérément impassible.

— Viens, on va rentrer!

Il s'est servi un grand verre d'alcool aux reflets d'or et l'a longuement observé. J'étais face à lui, engoncé dans le canapé. Flétri comme une vieille pomme. Brûlant de mille gerçures provoquées par le froid.

— Si c'est tout ce que tu as à me dire... Autant que j'aille me coucher!

— Ça se passait comment avec... avec Antoine Lacaze?

— Pour les questions, j'ai déjà donné avec le commissaire.

— Ce n'est pas ce que j'ai voulu dire, il a dit en plongeant ses yeux dans le breuvage qui délie les langues, du quarante degrés. Mais il était comment cet homme?

Je me suis relevé pour aller m'asseoir sur un fauteuil. L'interrupteur de la lampe de bureau a sèchement claqué sous mes doigts. Le faisceau de lumière a jailli. Je l'ai braqué sur mon visage.

— Ça va aller comme ça ?... Ça va t'aider à me poser des questions ?

— Mais tu l'aimais ou pas ?

J'ai senti qu'il était un peu ivre. J'en ai profité.

— Qui ?

— Ben Lacaze...

— Pas plus que toi, j'ai répondu en concentrant mon attention sur la lumière qui m'aveuglait. Pas beaucoup plus !

— Il est mort !

Trois petits mots d'une fulgurance inattendue. Trois petits mots chargés de sordide et que j'ai vus s'imprimer sur la lampe de bureau. La mort au bout du filament. En lettres de feu.

— Il s'est suicidé !

J'ai repoussé la lampe. Il m'a fallu un certain temps pour me réhabituer à la pénombre ambiante.

— Comment tu le sais ?

— C'est le commissaire... Il est passé cet après-midi... Il te cherchait...

— Qu'est-ce que tu sais d'autre ?

Mon père retrouvait soudain son rôle préféré. Celui qui rend plus fort. Celui qui donne l'autorité qu'on voudrait toujours avoir. J'étais très énervé de le savoir en avance d'un wagon. L'histoire m'échappait une fois encore.

Pour le contrer, j'ai tenté de raffermir ma voix qui s'est mise à trembler.

— Qu'est-ce que tu sais d'autre ?... Mais arrête de te noyer dans ton verre !

Mon père l'a retourné, son verre. Il l'a renversé sur le parquet qui l'a absorbé cul sec.

— Il s'est suicidé…

— Tu viens de me le dire.

— Dans sa cellule…

— Ça, je m'en doute.

— En se taillant les veines!

—…

Je l'ai bien visualisé, Antoine. Le front blanc. Toutes artères dehors. À se vider, se répandre, se complaire dans sa propre atrocité. À voir l'horizon de sa prison s'éloigner, se perdre dans des précipices dont on ne voit pas le fond. À abandonner ses dernières forces au sinistre.

Mon père s'est fait une loupe avec son verre. Sa pupille grossissait. Me scrutait. Et Antoine me revenait comme un manque d'oxygène. J'avais l'impression d'agoniser à sa place. D'être un bourreau qui aurait mal rempli son office. Une méchante suée m'a coulé sous l'œil cyclope de mon géniteur. J'ai voulu prendre congé. Il m'a rappelé.

— Attends, ce n'est pas tout…

Une armada de tremblements a secoué mes lèvres. Je ne contrôlais plus rien face à cet homme qui me tenait, là, au bout de son regard. Le commissaire était à côté une épreuve de routine. Mon père était un sérum de vérité que je devais absolument franchir. Une torture.

— Ce n'est pas tout quoi?

Il a amorcé une moue indécise qui trahissait l'étendue de sa jubilation.

— Avant de mourir… Avec son sang…

Il s'est arrêté une nouvelle fois pour me tester. Pour asseoir sa supériorité. En trois pas, j'étais devant lui. D'un brutal coup de main, j'ai fait voler son verre qui s'est fracassé contre le mur.

— Tu fais chier avec tes mystères… Dis-moi ce que tu as dans le ventre… Je me doute bien qu'il n'a pas fait du boudin avec son putain de sang !

Enfin, mon père s'est décidé à parler.

« Je suis innocent ! » Avant de nous quitter, Antoine l'avait écrit sur les murs de sa cellule. Une œuvre en rouge. Sa dernière. Sa plus authentique. La seule capable de lui valoir un jour la reconnaissance humaine. Au moins celle de s'être trompée ; d'avoir failli. En quelques lettres, Antoine avait exprimé la quintessence de son art. Le sien était brut. Taillé au couteau quelque part entre sa main et son avant-bras. À la force du poignet.

J'ai eu un moment de flottement qui n'a pas échappé à mon père.

— Et alors, qu'est-ce que tu veux que ça me fasse ? Qu'est-ce que ça prouve ?

— C'est à toi de me le dire !… Moi, je ne fais que des suppositions. Je ne peux qu'imaginer.

— Eh bien imagine, t'auras l'air moins con !

Mon père s'est détendu comme un ressort et m'a acculé contre le mur. Ma tête l'a heurté avec un bruit mat.

— Ne me parle pas sur ce ton, p'tit enfoiré !

Sa main s'est refermé sur mon cou, dégageant une

puissance dont je ne me serais pas douté. Maintenant, tu vas parler... Tu vas me raconter tout ce que tu sais depuis le début.

J'ai tenté de me dégager mais il me serrait trop fort. Je suis devenu pivoine. Je sentais mes veines grossir et battre contre mes tempes. Mon père l'a également remarqué car il m'a lâché.

— Ça te fait chier parce que tu l'aimes encore, je lui ai dit sans même reprendre ma respiration.

J'ai pris une claque mais je n'ai pas bronché.

— Hein, dis-moi que tu bandes encore pour elle !

Cette fois, j'ai ramassé son poing. Mon nez a éclaté comme une tomate trop mûre. La douleur ne m'atteignait plus. Je suis revenu à la charge avec un aplomb qui m'a surpris.

— Elle ne l'aimait pas, ta bite... Tu ne la faisais pas jouir... Tu la chatouillais avec ton zob de nain... Eh bien vas-y, qu'est-ce que tu attends... Frappe, il reste encore de la place, j'ai sifflé en évacuant une giclée de sang.

J'ai failli me reprendre une danse mais son poing est retombé ballant le long de son corps.

— C'est elle qui t'a dit ça ?

— Qui veux-tu que ce soit ?... Mon pauvre vieux, ça fait vingt ans que tu es à côté de la plaque !... Mais regarde-toi... T'es étriqué de la vie... Tu sens encore les couches... Mais elle t'a élevé comment, ta mère ?...

Sans m'en rendre compte, je m'étais mis à crier. Ma voix résonnait jusqu'au grenier. Ça ne dérangeait personne. Ma belle-mère était absente pour son boulot.

Nous étions tranquilles. Rien que lui. Rien que moi. Et j'ai bêtement perdu l'avantage. L'allusion à sa mère ne lui avait pas plu et cette fois, c'est ma pommette qui a trinqué.

— Si tu crois que tu vas t'en sortir comme ça, tu te trompes…

Il a saisi une bouteille qui traînait sur le secrétaire et l'a fracassée sur la table. Il a rapproché les tessons acérés de ma gorge.

— Crois-moi, Benoît, tu as intérêt à tout me dire… Je suis sûr que tu me caches quelque chose… Je le sens… Alors tu vas parler… Tu vas tout me raconter…

À cet instant j'ai senti qu'il était prêt à mettre sa menace à exécution. Je n'avais aucune fuite possible et je voyais déjà le verre étincelant se ficher dans mon cou. J'ai eu peur.

— Arrête…

— Mais bordel, tu vas parler… Ta mère… Parle-moi de ta mère !

— Mais quoi, ma mère ?

Un éclat de bouteille est entré en contact avec ma peau mais la haine de mon père me blessait plus que tout.

— Qu'est-ce que tu veux que je te dise ?… Que c'est moi qui l'ai tuée ?… Hein, c'est ça que tu veux savoir ?

Mon père a maintenu la pression. Les mots, l'air et les sentiments se ratatinaient dans ma gorge. J'ai essuyé une larme et je l'ai regardé droit dans les yeux.

— Oui, c'est moi !

C'était sorti doucement, sans violence. Mon père a

roulé des yeux incrédules et a rétracté son arme improvisée.

Je me suis soulagé de ce trop-plein qui m'empoisonnait la vie.

*

Je suis transi, essoufflé. Un goût de malaise me remonte au bord des lèvres avec une incroyable envie de gerber du vent. Je reste adossé un bon moment à la porte tout en tentant de me convaincre de reprendre mes esprits. Allez, mon petit Benoît, sois un homme. Ne laisse pas le sourire de ce début d'hiver te faire penser que tu n'es rien. Réagis. Dis-toi que ce n'était qu'un jeu avec Antoine. Qu'il n'a pas essayé de t'écraser avec sa bagnole de merde. Tu es là et bien là. Comme ta mère que tu entends pleurer. Et tu n'es pas surpris. Tu savais qu'elle tâterait du mouchoir. Et tu connais aussi la suite, hein, Benoît ? Elle va dépendre de ton humeur. Mais elle est bonne aujourd'hui. C'est un grand jour. Alors tu vas la consoler. Lui dire des tas de mots gentils qui vont lui réchauffer le cœur. Des mots qui lui rendront le sourire. Au moins pour quelques secondes. Et peu importe s'il est à moitié figé, ce sourire. Tu t'en fous. Tu auras aidé ta mère. Et elle aura de la reconnaissance. Elle t'étouffera un peu plus de son amour de louve. Tu l'accepteras parce qu'il n'y a rien d'autre à prendre que ce doux sentiment maternel. Et Antoine sera loin. Loin de ses pensées. Alors tu lui diras un beau poème.

Nous sommes les fleurs des fleuristes,
Nous sommes les fleurs des marchands,
Les petites fleurs qui sont tristes
De ne pas fleurir dans les champs.

Oui, Benoît, tu le feras. Tu le dois.

Alors je marche en me contentant de raser les murs. J'arrive directement à sa chambre. La porte est grande ouverte sur son désespoir. Des kilos de malheur s'en échappent. Ils sifflent à mes oreilles ce qui, soudain, me fait hésiter. Juste ce qu'il faut pour prendre un peu de recul et l'élan nécessaire pour l'aborder en face. Elle est couchée sur le côté. Nue, le nez dans l'oreiller à se renvoyer l'écho de ses lamentations. Je m'empare de son peignoir de soie écrue posé sur une chaise et je recouvre son corps abandonné aux frissons. Elle réagit à peine. Je m'assois du bout des fesses au bord du lit.

— C'est toi, mon chéri ?

— Oui.

— J'ai eu peur que tu ne reviennes pas... Que tu aies honte de moi... Mais tu es revenu, hein ? Tu es revenu !

Ma voix est neutre. Je ne cherche pas à rencontrer son regard.

— Oui.

Elle s'empare d'un mouchoir et souffle bruyamment.

— Tu dois me trouver moche comme ça, elle me dit en posant sa main dans mon dos.

— Non, mais enfile ton peignoir, tu vas choper la mort.

Elle ne veut pas me contrarier et j'entends l'étoffe glisser contre son corps.

— Tu lui as parlé, au moins ?... Tu lui as dit que c'était fini entre vous ?

Sa main cherche fébrilement un nouveau mouchoir. Antoine la rend nerveuse. C'est toujours comme ça avec son crétin d'amant.

— Je n'ai pas pu !

Je m'en doutais un peu et cela déclenche en moi une vague de soupirs.

— Tu ne dois pas m'en vouloir... J'ai... J'ai essayé mais je n'ai pas pu !

Son ton n'est pas probant. Je me retourne pour mieux m'imprégner de son mensonge. Son regard se dérobe. Je ne me suis pas trompé.

— T'en as pas marre d'avoir le feu au cul et de te taper le premier venu ?... Ça me fout les boules de voir que tu deviens la vieille pute du village !... C'est de tendresse dont tu as besoin... Pas d'un coup de bite !... Mais regarde la réalité... Tu crois qu'Antoine est un mec pour toi ?

Elle a pris son air de petite fille boudeuse et elle s'est mise à secouer sa tête.

— J'ai essayé, mais je n'ai pas pu !

— Quoi, tu n'as pas pu ?... C'est pourtant pas difficile... Il s'en fout de toi, ce mec !... T'es juste un jouet pour lui !...

Je m'empare d'un miroir et je le brandis sous le nez de ma mère.

— Regarde-toi !... Mais regarde-toi... Ce n'est pas ton bonheur qui va t'éblouir !

— J'ai essayé mais je n'ai pas pu !

Sa tête retombe en arrière et entraîne avec elle une fontaine de sanglots qui s'engorgent dans sa bouche pâteuse. La soie de son peignoir se heurte à la rugosité d'un vulgaire drap de coton souillé par des dérapages sexuels. Un ressort lugubre grince sous ses fesses. Je regrette déjà ma décision et cette forme de courage qui m'a poussé, là, dans cette chambre. J'ai hâte de me perdre dans un sommeil où j'oublierai tout. En attendant, je dois finir ce que j'ai commencé. Ça m'apprendra à vouloir jouer à l'adulte.

— Je ne veux pas que tu me disputes… Je suis déjà trop malheureuse.

— Mais ne t'inquiète pas… J'essaye juste de comprendre…

— Tu sais… Tu sais ce n'est pas de ma faute si je n'ai pas pu le quitter…

— Bien sûr… Tiens, remouche-toi un coup.

Elle s'empare du mouchoir que je lui tends et elle le triture nerveusement dans sa main. Ses yeux hagards roulent de chaque côté du lit. Nous restons sans parler et elle se calme progressivement.

— Ça va mieux ?

Sa pointe de menton me dessine un « oui » pas vraiment convaincant.

— Est-ce qu'il t'a dit s'il allait revenir ?

Et hop, encore un « oui ». Plus rapide cette fois.

— Tu vas l'accepter ?

Là, elle hésite. Elle cherche dans mes yeux la réponse. Je soupçonne qu'Antoine lui donne suffisamment de plaisir pour qu'elle accepte ensuite d'en payer les conséquences. La preuve, son amorce de « non » se transforme en un nouveau « oui ». Franc et massif. Je me tourne vers la fenêtre pour cacher ma déception. Ma mère se lève et vient me rejoindre. Sa main se pose sur mon épaule.

— Il va venir habiter avec nous !

— Qu'est-ce que tu dis ?... O. K., après tout, tu es chez toi !... Mais ce n'est pas la peine de compter sur moi.

Je pivote rapidement et je me dirige vers la sortie. Ma mère tente de me retenir mais ses ongles ne font qu'érafler une maille de mon pull-over.

— Attends, mon chéri !

— Laisse tomber, tu veux... Ça ne vaut pas la peine... Je vais partir et tout le monde sera content.

— Benoît, attends... Benoît... Je suis enceinte !

Je m'arrête tout d'un bloc à la frontière de sa chambre en me demandant si j'ai bien entendu. À voir la tête de ma mère qui me rejoint la tête basse, je n'ai aucun doute.

— Qu'est-ce que tu veux que je te dise... Fais-toi avorter !

Je sens ma mère prendre sur elle et rassembler toute son énergie. Ça claque sèchement à mes oreilles.

— Mais je suis enceinte de toi !

Je mets un certain temps avant de réaliser la portée de cette phrase. Je reste bête, les bras ballants, figé dans la position du parfait crétin. Des larmes recommencent à couler sur les joues de ma mère. Silencieuses, cette fois. Elle ne fait pas un geste pour les essuyer. Elle serre convulsivement ses bras contre son ventre encore et toujours plat. J'essaye bien de lui parler mais les sons refusent de me venir en aide. Je n'ai plus que les images saccadées d'un film inquiétant dont je suis le héros.

Je me revois, couché près de ma mère.

Je la revois s'accrocher à mon sexe.

Et je revois ce mauvais rêve pourtant si excitant.

Un rêve en forme de trahison.

Un rêve. Plutôt une réalité.

— Où tu vas ?

Je n'écoute pas, je cours. Je cours pour éviter de penser que dans son ventre, il y a mon fils, il y a mon frère. Je cours parce que je ne peux rien faire d'autre. Je cours. À perdre haleine. À rebondir sur les obstacles de la maison. À explorer ses moindres recoins. Je cours pour ne pas vomir cette chienlit, cette vie nauséabonde. Je cours et je m'arrête. Devant le tiroir du buffet. Et je l'ouvre. Il est tout luisant d'ustensiles de cuisine. Des fourchettes, des cuillères, des couteaux. J'hésite et une phrase bizarre vient se cogner aux parois lénifiées de mon esprit : la poésie, c'est aller au bout de sa pudeur. Alors ma main se referme sur le manche d'un couteau. Le plus grand. Le poids de son tranchant aiguise ma détermination. Mes doigts assurent leur prise et le silence d'un monde où tout peut s'écrouler m'enveloppe d'un voile cotonneux. Sans même m'en rendre compte, j'abandonne le buffet et je reviens à pas fantômes vers la chambre. Ma mère se tient toujours devant l'entrée. Elle recule en m'apercevant.

— Benoît ?... Qu'est-ce que tu veux faire ?

Elle m'attire comme un aimant.

— Benoît arrête.

Elle est acculée contre le bord de son lit. Elle a compris. J'avance vers elle sans me soucier de la peur qui déforme son visage.

— Non !

Il est trop tard. Ma lame vient de plonger à l'intérieur de son corps. Le calme est surprenant. Ma mère me regarde la bouche ouverte, sans comprendre. Le couteau ressort de son ventre. Je le garde bien au chaud dans ma main. Sous le choc, ma mère échoue les bras en croix sur son lit. Elle ravale sa douleur et tente de m'articuler quelque chose qui refuse obstinément de sortir. Elle porte ses doigts sur la profonde blessure qui expulse un flot de sang vermillon. Je ne bouge pas. Je me contente de la regarder se vider sur son lit. Elle ne crie pas. Ses yeux sont grands ouverts sur mon visage. Que peut-elle y lire ?... De l'impassibilité ?... De la détermination ?... Je suis incapable de le dire. Je vois juste que la mort met du temps à venir et qu'elle n'est pas aussi laide que je l'aurais pensé. Sa respiration devient plus pénible. Son regard perd de sa mobilité. Le sang continue de déverser sa vie sur les draps. Je suis hypnotisé par ce spectacle.

— Je... Je t'aime !

Elle me le dit dans un dernier souffle. Une dernière contraction.

Et tout se fige dans une latente éternité.

*

Mon père m'a écouté sans sourciller. Sans même me poser la moindre question. Le tesson de bouteille gisait à ses pieds. Il lui avait échappé à un moment de l'histoire. Histoire que je lui avais débitée d'une voix monocorde. Une histoire où la passion n'avait qu'une place limitée. Un récit le plus neutre possible. Maintenant j'avais fini et nous nous faisions face dans une parfaite immobilité. Un constat s'imposait de lui-même : nous n'avions plus rien à nous dire. Nous étions deux étrangers dont les routes se séparent. Le carrefour qui nous réunissait était purement imaginaire. Moi, j'avais une image qu'il ne pouvait avoir. Ma mère. Six pieds sous terre. Dans sa petite robe fleurie et qui, au dernier moment, avait encore trouvé la force de me donner un peu d'amour. Tout son amour. Pouvais-je en dire autant de mon père ? Était-il capable de comprendre ce qui avait motivé mon geste ?

Pour toute réponse, j'ai vu ses mains me sauter à la gorge. Tandis qu'à mes oreilles résonnait son cri de rage, elles s'y sont refermées comme deux pièges à loup. J'ai senti ses phalanges s'incruster dans le tendre de mon cou. Déjà, l'air commençait à me manquer. J'ai agrippé ses avant-bras pour essayer de me défaire de cet étau mortel. Mes forces commençaient à décliner et sa hargne était telle que je me sentais lentement partir. Il y mettait tout son cœur et une méchante bave lui coulait au coin des lèvres.

« Après tout pourquoi pas ?... Délivre-moi !... Tu vas enfin connaître ce que j'ai vécu... Et tu vivras avec... Jour et nuit... Tu connaîtras l'enfer, toi aussi... Chaque heure, ton fardeau pèsera un peu plus sur tes épaules... Tu devras apprendre à ne pas regretter... Alors, peut-être, tu seras enfin toi. »

Je l'ai pensé très fort. Mais la vie est très conne. Alors que je me laissais aller à une douce euphorie, mon pied l'a cueilli dans un réflexe incontrôlé. Il l'a fauché par où il m'avait fait. Il a lâché prise. Je me suis retrouvé un genou à terre, à tenter de faire entrer un flux de vent dans mes poumons brûlants. Mais mon père ne m'en a pas laissé l'occasion. Ses serres m'ont happé une nouvelle fois sans que je puisse lui opposer la moindre résistance. Mon corps s'est affaissé et nous avons roulé sur le sol impassible. Lui dessus. Moi dessous. Dans une féroce empoignade. À ahaner. À se meurtrir comme deux chiffonniers. Une lutte inégale où la détermination était de son côté. Un voile opaque est tombé sur mes paupières ouvertes. Mon père devenait flou. Je ne voyais plus que sa bouche qui dévoilait deux rangées de dents blanches. Elles n'allaient faire qu'une bouchée de ce fil qui me reliait à la vie. Elle allaient la ronger fibre par fibre, jusqu'à la fin.

Un premier sursaut m'a appris qu'elle arrivait à grands pas.

J'ai fermé les yeux pour ne pas avoir à la regarder en face. Par respect. Parce que je la connaissais déjà à travers ma mère.

Ma mère. Justement, elle était là. Elle flottait

au-dessus de moi. Un sourire avenant illuminait son visage. Sa bouche s'est mise à bouger.

— Je t'attends, je t'attends…

Non. Non, pas maintenant. Elle devait me laisser le temps de m'habituer à son absence.

Mon bras est parti en arrière. Ma main a heurté un objet pointu, coupant. Elle l'a lentement identifié. En a absorbé les contours. Mes doigts se sont refermés sur le goulot qui s'est abattu au hasard. Vers la source de mon mal. Sous le choc, les mains de mon père se sont enfoncées un peu plus dans ma peau. Je l'ai refrappé avec l'énergie du désespoir, lui arrachant des plaintes de douleur. Le verre crissait contre son dos. S'y éparpillait. Au troisième coup, il s'est redressé en poussant un cri rauque. Et il m'a lâché. Une goutte de sa sueur est tombée dans ma bouche avide d'oxygène. J'ai rouvert les yeux. Sa gorge m'était offerte. Le tesson de la bouteille s'y est enfoncé en sectionnant tout sur son passage. Un bien sale travail. Mon père a basculé sur le côté.

J'ai lentement repris mes esprits.

Quand je me suis redressé, mon père était déjà mort. Il baignait dans son sang.

J'ai vomi sur son cadavre encore chaud.

*

IV
PERTES SÈCHES

Puis [illegible] problème [illegible]
[illegible] jadis. Tout en [illegible]
[illegible]
[illegible]
[illegible]
[illegible]
[illegible]
[illegible]
[illegible]
[illegible]
[illegible]
[illegible] qu'il était revenu [illegible] en [illegible]
[illegible] au niveau [illegible] il [illegible]
[illegible]
bouche [illegible] coin de mon [illegible]
oublier [illegible]
[illegible] Tout [illegible]
[illegible]
[illegible]
[illegible] pour [illegible]

J'ai tout enveloppé dans un grand drap. Je l'ai tiré en peinant dans le jardin. Tout au fond du jardin couvert de givre. Je l'ai abandonné quelques instants. Puis je suis revenu, armé d'un grand courage, d'une pelle et d'une pioche. Le jour commençait à se lever et supplantait la lumière artificielle: une saloperie d'ampoule se balançant au bout d'un fil. Un oiseau timide m'a fredonné quelques notes. La bise, se levant dans les arbres, a entonné le refrain. J'ai craché dans mes mains. J'ai attrapé le manche. J'ai enfoncé la pelle dans la terre épaisse, un rien granuleuse. Il en est sorti une motte où se tortillait un ver réveillé en sursaut. Han ! J'ai donné un nouveau coup de pelle. Il m'en fallait beaucoup pour atteindre le but que je m'étais fixé. La liberté était au bout de mon effort. Je devais tout oublier. Tout, même la température ambiante qui tétanisait mes muscles. Tout et surtout les conséquences de mon acte. Après je partirais mais avant, je devais effacer les dernières traces. Effacer pour mieux assumer. Effacer pour dormir. Effacer pour soulager ma conscience. Alors je l'ai pioché, mon trou. Je l'ai pelleté. En disant merde aux obstacles pierreux. En oubliant qu'il m'écorchait les paumes. Il me faisait du bien à l'âme, ce trou. Il me requinquait. Il me faisait rire, même. D'un rire d'une infinie densité. D'un rire fou. D'un fou rire. Et je communiais avec cette terre que j'extirpais inlassablement. Elle était ma famille. Le noirâtre de sa texture me donnait un voile de deuil. Je m'en suis barbouillé le visage et les mains et j'ai repris mon dur labeur. Mon dur labeur de pauvre fossoyeur.

Bientôt, j'y étais jusqu'aux genoux. La terre était plus basse, plus humide aussi. Je m'y sentais de mieux en mieux. J'y pataugeais avec allégresse tout en ne quittant pas du coin de l'œil mon drap qui sommeillait non loin de moi. C'était un beau matin pour enterrer. Il n'y avait pas de soleil. Juste une grisaille uniforme. Avec un peu de chance, les arbres allaient m'offrir des larmes de glace. De fines épées transparentes qui perleraient au bout des feuilles, se réchaufferaient et éclabousseraient mon front de leurs subtiles mutations. Je suis ressorti du trou et je me suis appuyé contre ma pelle pour contempler mon ouvrage. Il était inégal, imparfait mais il me plaisait. J'ai absorbé l'aube à pleins poumons et je suis revenu vers mon drap. Je l'ai poussé dans le trou. Il s'est déchiré contre un silex et tout s'est répandu au fond de mon idéal.

Tout. Tous.

Tous mes livres de poésie.

Tous.

Les bons et les moins bons. Les chefs-d'œuvre et les obscurs.

Tous.

La bande à Rimbaud bille en tête.

Tous.

Avec leurs cicatrices, leurs pages cornées, décollées.

Tous.

Unis en un immense génocide.

Tous.

À engloutir leur tristesse, leur mal de vivre.

Tous.

Faces contres tranches, pêle-mêle à mélanger leurs rimes.

Tous.

Comme un seul homme. Un poète unique chargé de tout leur cafard.

Tous.

Dans mon Panthéon à moi.

J'ai plaqué mon linceul de drap sur leurs plumes éteintes. Puis j'ai commencé à les recouvrir. Frénétiquement. Pour qu'ils ne s'en rendent pas compte, qu'ils me pardonnent. Je n'ai d'abord pas entendu la voix qui s'élevait dans mon dos.

— Benoît !

Je n'ai pas bougé. J'ai continué mon entreprise. Un petit carré de drap tentait d'afficher sa reddition. Je l'ai recouvert d'une pelletée vengeresse.

— Benoît !

Cette fois, je me suis retourné. Le commissaire était derrière moi. Distant d'une dizaine de mètres et chaudement emmitouflé d'un épais manteau de laine. Par pure courtoisie, je lui ai adressé un petit sourire qu'il m'a rendu.

— Tu veux que je finisse à ta place ?

— Non, ce n'est pas la peine.

J'ai voulu terminer ma besogne. Il m'a rappelé.

— Benoît !

Il a sorti une main de son manteau. Il me l'a exhibée. Elle était rouge du sang de mon père. J'ai hoché la tête. J'ai lâché ma pelle. Je me suis lentement avancé vers lui.

— Vous auriez pu être un père pour moi.

— Je crois que je n'aurais pas voulu d'un fils comme toi.

J'ai baissé les yeux et lui ai tendu mes mains en attendant de me brûler les poignets sur sa paire de menottes. Puis une phrase, un peu de fulgurance dans ce petit matin crème, m'a traversé l'esprit : « la vraie prison, c'est la vie. »

Cet ouvrage a été composé
par Infoprint.
Reproduit et achevé d'imprimer sur Roto-Page
par l'Imprimerie Floch à Mayenne
le 8 novembre 1993.
Dépôt légal : novembre 1993.
Numéro d'imprimeur : 34936.

ISBN 2-07-049383-0 / Imprimé en France.